Roman Reischl

RENDEZVOUS

Tödlicher Kampf

Fantasy

Herstellung und Verlag:
BoD – Books on Demand, Norderstedt
ISBN: 978-3-7519-2183-1

7990 v. Chr. nach irdischer Zeitrechnung

Das freie Reich von Marciola

Königin Monique, eine schlanke, fast zierliche Frau, stand auf dem Balkon ihres Palastes, das sich hoch und mächtig wie ein riesiger Stalagmit über die Ebene von Marciola erhob. Mit ihren dunklen Augen blickte sie über die Brüstung. Aus der Ferne konnte sie den rauschenden Klang eines Wasserfalls hören. Weit unterhalb des verzierten Balkons leuchtete das Grasland im ersten Sonnenlicht des Tages auf.

Es war noch sehr früh am Morgen, für einen Augenblick lang kam ein kühler Wind auf und blies durch das Haar der Königin. Aber die Kälte störte Monique nicht im Geringsten. Sie genoss es, zuzusehen, wie die aufgehende Sonne das Zwielicht der Morgendämmerung verjagte und der Welt die große Vielfalt an Farben zurückbrachte. Es gab nichts, was das menschliche Auge mehr zu erfreuen vermochte.

„Ein Reich wie aus einem Märchen", dachte Monique bei sich selbst.

Sie hätte sich mehr Zeit gewünscht, um die Aussicht zu genießen. Es war zu einem täglichen Ritual geworden, morgens auf ihrem Balkon auf den Sonnenaufgang zu warten, seit sie gekrönt worden war. Doch es gab Aufgaben, die sie zu meistern hatte.

Eine ihrer Hauptaufgaben war die Aufrechterhaltung der Beziehungen zu den benachbarten Reichen Seido und Fantasia. In den Tagen, als der König noch lebte, hatten sie sich die Aufgaben stets geteilt. Während es dem ihm zukam, Marciolas Interessen zu vertreten, stand ihm die Königin immer als Beraterin in allen wichtigen Fragen zur Seite. Sie folgte ihm auf sämtliche öffentlichen Versammlungen, hielt sich jedoch nur im Hintergrund auf.

Doch nun war der König tot, er starb nach langen Jahren der Krankheit. Und nun fielen alle Aufgaben der Königin zu. Manchmal wurde sie gefragt, ob sie nicht noch einmal heiraten wollte. So mancher aus den Reihen der Aristokraten hätte ihr auf der Stelle einen Antrag gemacht, denn Monique war ohne jeden Zweifel eine Frau von betörender Schönheit. Sie hatte langes schwarzes Haar, das ihr bis tief in den Rücken reichte, ihre helle Haut war glatt, und ihr ovales Gesicht mit den für eine Frau sehr markanten Wangenknochen spiegelten sowohl ihre Strenge als auch ihre Güte wider.

Doch es kam ihr niemals in den Sinn, wieder zu heiraten. Sie war stolz darauf, die einzige Königin der fünf bekannten Nationen zu sein, die ihr Reich ganz allein regierte. Obwohl die Aufgabe manchmal anstrengend oder gar lästig war, empfand sie sie als Erfüllung des Lebens.

„Ja, Marciola wird von einer Königin regiert, und wenn ich dann, eines fernen Tages, zu den ältesten Götter gerufen werde, wird dieses Reich einmal mehr von einer Königin regiert werden", dachte Monique bei sich.

Bevor der Herrscher verstorben war, hatte er ihr eine Tochter geschenkt. Prinzessin Laura war noch ein Kind und erst zehn Jahre alt geworden. Doch schon nach kurzer Zeit würde Monique sie auf eine spezielle Akademie schicken, wo sie Unterricht über

Regierungsgesetze und Verhandlungsstrategien nimmt.

„Mylady, es ist soeben ein Besucher eingetroffen", meldete eine Dienerin, die gerade eingetreten war.

„Er erwartet Eure Hoheit im Audienzsaal."

Monique drehte sich zu der Dienerin um und musterte sie mit einem raschen Blick. Ihre Uniform war makellos rein und ohne jegliche Falten. Ihr Haar war zu einem Pferdeschwanz gebunden, ihr Gesicht war ohne Gefühlsregung.

„Sag mir, Zerrai, wer ist es?", fragte Monique.

„Lord David, Botschafter der Neuen Reiche", antwortete die Dienerin.

„Teilt Lord David mit, dass ich ihn in wenigen Minuten empfangen werde", ordnete Monique an.

„Sehr wohl, Mylady"

Sie verbeugte sich und verließ dann das Schlafgemach der Königin.

Jedes Mal, wenn Botschafter David zu Besuch kam, brachte er interessante Neuigkeiten mit sich, auch wenn es nur selten vorkam. Monique war neugierig zu erfahren, was es dieses Mal war.

Wie angekündigt wartete der Botschafter im Audienzsaal. David war ein kluger Mann mit kurz geschorenem Haar. Er trug einen schwarzen Mantel aus wetterfestem Material. Sein Gesicht wirkte im Gegensatz dazu blass, beinahe fahl. Die Augen blickten müde, als schliefe er seit Nächten nicht mehr.

Seine Wangen waren hohl und eingefallen, als ob er, seit Tagen nichts mehr zu sich genommen hätte. Er bemühte sich um eine aufrechte Körperhaltung, doch die Folgen seiner Anstrengungen waren nicht zu übersehen.

„Ihr seht erschöpft aus", stellte Monique fest.

„Ihr hättet Euch nicht die Mühe machen müssen, hierher zu kommen. Es gibt einfachere Wege, mich zu erreichen."

„Das ist mir bewusst, Mylady. Aber dieses Mal musste ich persönlich herkommen. Es ist von großer Wichtigkeit."

Plötzlich wurde er von Monique unterbrochen.

„Sagt mir, wie geht es Eurer Tochter?"

„Wie bitte?"

David war von der Frage verwirrt. Er hatte sie nicht erwartet.

„Nun, Helena geht es ziemlich gut."

„Wie alt ist sie eigentlich?", erkundigte sich Monique.

Sie wollte David ein wenig auflockern, und sie hatte Erfolg. Seine Anspannung löste sich allmählich.

„Sie ist zehn, Mylady, so alt wie die Prinzessin. Sie sind am selben Tag geboren worden, wisst Ihr nicht mehr?"

„Doch natürlich"

Nach einer kurzen Pause schlug sie vor:

„Ich glaube, wir sollten unsere Unterhaltung beim Frühstück fortsetzen."

„Bei allem gebührenden Respekt, Mylady, aber ich habe ein paar sehr wichtige Angelegenheiten, die dringend besprochen werden müssen. Wir dürfen keine Zeit verlieren."

„Ich glaube euch das aufs Wort, Herr Botschafter, aber wenn ihr vor Hunger in Ohnmacht fallt, würde sich die Sache nur noch mehr verzögern, nicht wahr?"

Noch bevor David einen Einwand erheben konnte, rief Monique nach einem Diener.

„Ihr habt einen Wunsch, Mylady?"

„Ja, sagt dem Küchenpersonal, dass sie das Frühstück herrichten soll. Außerdem wird mir Botschafter David Gesellschaft leisten."

„Sehr wohl, Mylady", verbeugte sich der Diener und verließ den Audienzsaal.

Nur wenige Augenblicke später wurden Monique und David von zwei Getreuen in den Speisesaal geleitet. Dort fanden sie einen reich gedeckten Tisch vor. In einem Korb lag frisches Brot, dazu gab es Butter und allerlei Sorten Käse und Pasteten. Aus einer Kanne dampfte duftender Kaffee. Auf einem separaten kleineren Tisch stand ein Korb mit einer großen Vielfalt an verschiedenen Früchten.

Die Königin und der Botschafter nahmen einander gegenüber Platz, und während sie das Frühstück genossen, setzten sie das Gespräch von zuvor fort. So erfuhr Monique, dass sich Helena sehr für

Geschichte und Überlieferungen antiker Dokumente interessiert war. Zusätzlich schien sie ein gewisses Talent für Sprachen zu besitzen.

„Nun, dann wird sie ja vielleicht Geschichts- oder Sprachwissenschaftlerin werden", sagte Monique.

„Nein", antwortete David.

„Ich glaube, sie wird mit Sicherheit eins von beiden."

Sie mussten beide lachen. Dann wurde David wieder ernst.

„Mylady, ich würde jetzt gerne über die Angelegenheit sprechen, weswegen ich hergekommen bin", kündigte er an.

„Richtig", stellte Monique fest.

„Also, was ist es?"

„Ich habe verlässliche Informationen, dass der Imperator von Fantasia eine riesige Armee versammelt, mit dem Ziel, Marciola anzugreifen", fuhr David fort.

Monique setzte ihre Tasse ab und sah auf. Ihre Miene war besorgt. „Nun, ich muss zugeben, dass mir dies neu ist. Keiner meiner Spione hat in der letzten Zeit eine solche Aktion gemeldet."

„Eure Spione werden nichts entdecken, da es der Imperator äußerst gut versteht, seine Aktionen zu verbergen."

„Darf ich dann fragen, woher Ihr Eure Informationen habt?", erkundigte sie sich.

„Ich wurde vor einigen Wochen von einem der Generäle des Imperators aufgesucht. Er nennt sich General Shao, er sagte, dass er diesen Krieg nicht mittragen könne und deshalb überlaufen wollte. Seitdem habe ich ein paar eigene Untersuchungen angestellt. Die Informationen stellten sich als korrekt heraus."

„Nun, es ist seit jeher ein offenes Geheimnis, dass es Ramis größter Wunsch ist, Marciola zu erobern und für sich zu beanspruchen. Es wäre auch nicht sein erster Versuch, dieses Ziel zu erreichen. Aber bisher haben ihn stets die ältesten Götter aufgehalten. Was hat sich daran geändert?"

„Ich weiß es nicht genau, aber General Shao erwähnte, dass Rami einen Weg gefunden hätte, den Rat der ältesten Götter zu hintergehen, so dass sie sich dieses Mal nicht einmischen werden."

„Sollte es wirklich zu einem Krieg gegen Fantasia kommen, wird es übel werden, sehr übel", Monique schwieg einen Moment lang.

„Bevor ich irgendwas unternehmen kann, brauche ich feste Beweise, und zwar schnell. Bringt mir die Ergebnisse Eurer Untersuchungen so bald wie möglich. Außerdem wäre es sehr hilfreich, wenn Ihr ein Treffen zwischen mir und diesem General vereinbaren könnt. Ich werde in der Zwischenzeit mehr Spione losschicken, wenn Ihr mir sagt, wonach sie suchen sollen."

„Natürlich, Mylady. Ich werde tun, was ich kann."

Nachdem David wieder gegangen war, kehrte Königin Monique in ihr Gemach zurück und trat hinaus auf den Balkon. Wie ein böses Omen war die Sonne nun durch dunkle Wolken verdeckt, der Wind wurde stärker und brachte die Königin zum schaudern.

„Etwas ist da draußen im Gange. Was auch immer passieren wird, es könnte das Ende der Welt bedeuten, wie wir sie kennen", dachte sie bei sich, bevor sie wieder in ihr Gemach ging.

7983 v. Chr.

Laura fuhr zusammen, als sie zuerst einen lang bgezogenen markdurchdringenden Schrei hörte, und kurz darauf, wie etwas hart am Boden aufschlug. Sofort danach war ein großer Aufruhr außerhalb des Palastes zu vernehmen. Rasch klappte sie das Buch über die Geschichte Marciolas zusammen, in dem sie gelesen hatte, rannte aus ihrem Zimmer durch den großen Flur des Palastes zum Eingang. Dort weilte fast das gesamte Dienstpersonal in einer chaotischen Menge. Manche unter ihnen weinten, andere standen nur apathisch herum.

„Was ist passiert?", fragte Laura die erste Dienerin, auf die sie traf, doch sie bekam keine Antwort, jene wirkte wie versteinert.

Sie schob jene ein wenig unsanft beiseite und kämpfte sich weiter nach vorne durch, während sie an mehr entsetzten Personen vorbeikam.

„Was ist passiert?", wollte sie abermals in Erfahrung bringen, doch sie bekam keine einzige Antwort.

Daraufhin fand sie endlich den Grund für das Entsetzen der Menschen. Jemand lag im Gras, es war eine Frau. Der Körper war schrecklich entstellt, er sah aus wie eine große Puppe, die ein Kind achtlos zu Boden geworfen hatte, nachdem es die Lust verloren hatte, mit ihr zu spielen. Dann sah die Prinzessin das Blut, es war überall, und schließlich, nach fast einer Ewigkeit, erkannte sie, wer es war. Es war Monique, ihre Mutter, die leuchtende Königin von Marciola. Laura stürzte nach vorne, stolperte und schlug sich das Knie auf, doch sie spürte es kaum. Sie schloss den leblosen Körper in ihre Arme, ignorierte das Blut, das ihr blaues Kleid aufsog, so dass es sich dunkel, fast schwarz verfärbte. Sie drückte sie fest an sich, doch wie fest sie auch presste, es veränderte sich nichts. Es geschahen keine Wunder.

Monique war tot.

„Was ist passiert?", erkundigte sich Laura einmal mehr, ihre Stimme war kaum noch zu hören.

„Sie stand auf ihrem Balkon", antwortete endlich jemand.

„Eigentlich wie an jedem Morgen. Doch dann sprang sie von der Brüstung, einfach so. Es tut mir leid, Mylady."

„Schon gut."

Die Prinzessin wischte sich mit dem Handrücken über ihre Wangen und stand auf. Da bemerkte sie, dass Namor, wie er sich jetzt nannte, sich direkt hinter ihr aufhielt. Er schien gerade erst aufgestanden zu sein, denn er trug nur einen Morgenmantel und lief barfüßig.

Er trug nicht einmal seine Totenkopfmaske, die er fast immer aufhatte, so dass einige bis zu diesem Moment noch nie sein Gesicht gesehen hatten.

„Bist du in Ordnung, Laura?", fragte er nach. Seine Stimme klang ungewohnt freundlich.

Laura sah ihm direkt in die Augen, sie wirkten so stählern und grau wie immer. Es war keine Spur einer Emotion zu sehen.

„Ja", entgegnete sie knapp.

„Bist du dir sicher?", wollte Namor wissen.

„Ich will jetzt alleine sein, bitte!"

Namor trat zur Seite und ließ die Prinzessin an sich vorbei. Sie kehrte in ihr Zimmer zurück, setzte sich an ihren Schreibtisch und griff nach ihrem Buch. Sie versuchte vergeblich, sich auf den Text zu konzentrieren, denn vor ihren Augen verschwamm alles. Eine unbändige Wut stieg in ihr auf, Wut auf ihren Stiefvater, sogar Wut gegen Botschafter David. Mit einer heftigen Bewegung fegte sie ihr Buch und alles, was sich sonst noch auf ihrem Tisch befand, zu Boden. Schließlich konnte sie sich nicht mehr kontrollieren, sie brach in Tränen aus.

Es begann alles damit, dass David ein Treffen zwischen Monique und dem damaligen General Namor arrangierte. Die Informationen, die er überbracht hatte, stellten sich als wahr heraus, Rami war in der Tat dabei, eine Armee aufzustellen, um in Marciola einzumarschieren. Der ehemals vertrauteste General des Imperators, überzeugte Monique davon, dass der Krieg nur zu gewinnen sei, wenn ein Präventivschlag gegen dessen Armee ausgeführt würde. Seine eigene Motivation, überzulaufen, lag darin begründet, dass Rami das Volk Fantasias ohne Gnade unterdrückte, Leute in den Städten versklavte und verhungern ließ, zumindest waren das seine Worte. Monique ließ sich auf den Vorschlag Namors ein. So wurde Ramis Armee geschlagen. Er war besiegt. Marciola hat einen hohen Preis für den Sieg bezahlt.

Viele Städte wurden zerstört und unzählige Menschen verloren ihr Leben in einem drei Jahre währenden Krieg. Dennoch wurden Monique und der General als Helden gefeiert, die Fantasia von der Tyrannei befreit hatten. Ein halbes Jahr später heirateten sie, und alles schien wieder in Ordnung zu sein.

Doch als die Zeit verging, enthüllte Namor seine wahre Absicht. Das Volk von Fantasia lag ihm so wenig am Herzen wie Rami. Die war es, selbst Imperator zu werden. Er hat sein Ziel erreicht, und noch mehr, denn durch die Heirat mit Königin Monique war er nun ebenso rechtmäßiger König. Mit einem mysteriösen Artefakt, das er in Ramis Palast an sich genommen hatte, begann er nun, Marciola mit Fantasia zu verschmelzen. Monique beobachtete das Geschehen mit Sorge, war jedoch

machtlos   gegen   Namors
Machenschaften.

All das versuchte Monique vor Laura zu
verheimlichen, ihre Kindheit sollte
möglichst unbeschwert sein. Doch als
die Prinzessin aufwuchs, erkannte sie
die bittere Wahrheit. Es gab nun einmal
Dinge, die man nicht vor einem Kind
verbergen konnte.

Laura erholte sich und hob die Sachen
auf, die auf den Boden gefallen waren.
Noch immer hatte sie das Bild ihrer
toten Mutter vor ihrem inneren Auge.
Ihr entstellter Körper, ihr purpurnes
Kleid, das Blut, das so intensiv rot war
im Vergleich zu ihrem schneeweißen
Haar.

Plötzlich hielt die junge Frau inne.
Irgendwas stimmte nicht. Am Abend
zuvor, als Laura ihre Mutter zum letzten

Mal lebend gesehen hatte, war ihr Haar noch nachtschwarz, so wie sie es seit jeher kannte. Es hellte also in wenigen Stunden völlig weiß auf. Laura eilte aus ihrem Zimmer, sie musste es noch einmal sehen. Sie überzeugte sich davon, dass es nicht nur ihr Geist war, der ihr einen Streich spielte.

Als sie am Eingang ankam, sah sie, dass der Körper bereits fortgeschafft wurde. Alle Diener waren zu ihren Arbeiten zurückgekehrt. Nur noch ein paar Männer in dunklen Roben mit Kapuzen standen an der Stelle herum, an der der Körper gelegen hatte. Laura wusste, wer diese Leute waren. Sie nannten sich die „Gelehrten des Chaos" und gehörten zusammen mit den Schattenpriestern zu den Gefolgsleuten von Namor. Laura hatte keine Ahnung, was genau die Aufgabe dieser Leute war, aber sie konnte sie nicht ausstehen.

„Wo ist der Leichnam meiner Mutter?", hielt sie den ersten an, dem sie über den Weg lief.

„Seine Majestät befahl uns, sie in ihr Schlafgemach zu bringen und zu bewachen", antwortete der Mann.

Er hatte die Kapuze so tief ins Gesicht gezogen, dass seine Augen kaum zu erkennen waren.

„Es ist niemandem erlaubt, das Zimmer zu betreten."

„Das ist mir egal", erwiderte Laura.

Mit großen Schritten rannte sie die Treppe hinauf und ging über den langen Flur zur Tür, die ins Schlafzimmer ihrer Mutter führte. Man sah keine Wachen, die Tür war nicht einmal verschlossen.

„So viel zum Thema Befehle", dachte sich Laura.

Monique lag auf ihrem Bett, ihre Hände über ihrer Brust zusammengefaltet, ihr weißes Haar war glatt gekämmt, ihre Augen schienen verschlossen, als würde sie schlafen. Sie so zu sehen, brachte Laura wieder zum Weinen. Sie kniete sich an ihrer Seite nieder, nahm ihre Hand und schluchzte leise. Plötzlich hörte sie Schritte. Als sie sich umdrehte, sah sie Namor hinter sich stehen. Er hatte sich mittlerweile angekleidet und trug nun ein silbergraues Hemd, ein paar dunkelrote Cordhosen und schwere, dunkelbraune Lederstiefel.

„Du solltest nicht hier sein", begann er mit ruhiger Stimme zu sprechen.

„Ihr Haar ist ganz weiß", murmelte Laura geistesabwesend.

„Ich werde ein Pferd für dich bereit stellen lassen."

Namor ignorierte damit Lauras Bemerkung.

„Reite ein wenig aus. Die frische Luft wird dir gut tun. Komm schon, gehen wir."

Gemeinsam verließen sie beide das Zimmer, und das war das letzte Mal für eine sehr lange Zeit, dass Laura ihre Mutter sah.

Einen Monat später:

Der Botschafter saß am Tisch, als Helena hereinkam. Sie trug ein Tablett mit mehreren dampfenden Schüsseln darauf. Natürlich hatte David seine Diener, die die Mahlzeiten zubereiteten, doch an diesem Tag hatte er sie schon früher heimgeschickt. Für Helena war es durchaus nichts Ungewöhnliches, denn er behauptete stets, dass das Essen, das sie zubereitete, ihm am besten schmeckte. Helena wusste nicht, ob das die Wahrheit war, oder ob er es nur sagte, um ihr zu schmeicheln. Doch es schien ihn glücklich zu machen, wenn sie kochte.

„Was gibt es heute zu essen?"

„Dein Leibgericht", antwortete Helena.

„Schweinefleisch mit Gemüse in einer scharfen Soße und Tintenfisch mit schwarzen Bohnen."

„Du hättest dich nicht so sehr abplagen müssen", lachte David.

„Rede keinen Unsinn, das ist keine Plage. Kochen macht Spaß!"

Sie setzten sich zu Tisch und aßen schweigend. Früher redete David sehr viel beim Essen, sie hatten die interessantesten Gespräche miteinander, die Helena immer sehr genoss, doch seitdem die Königin verstorben war, verschloss sich David mehr und mehr.

Helena fing an, sich unwohl zu fühlen, also brach sie das Schweigen.

„Stimmt etwas nicht, Vater?"

„Nein, es ist alles in Ordnung", antwortete David hastig, „es ist alles sehr köstlich, wie immer."

„Das meinte ich nicht."

David verfiel wieder in Schweigen.

„Da ist jemand, der glaubte, dass das, was er tut, das Richtige ist", sagte er nach einer Weile.

„Er glaubte so fest daran, dass er bereit war, alles zu riskieren. Doch am Ende stellte es sich als ein Fehler heraus."

„Jeder macht mal einen Fehler, oder?"

„Ja, du hast Recht, aber was ist, wenn es ein wirklich großer Fehler war?"

„Warte mal, du meinst jetzt nicht die Sache mit der Königin, oder?"

„Es hat mich schon lange verfolgt", sagte David. „Ich war derjenige, der Namor diese Macht gegeben hat. Ich habe einen Krieg heraufbeschworen, und wofür? Nur, damit ein Tyrann von einem anderen ersetzt wird... Und nun ist die Königin tot, die einzige Person, die die Balance gehalten hat. Nun kann Namor alles tun, was ihm gefällt."

Als Botschafter war David einer der wenigen Personen, die Kenntnisse über dessen wahren Absichten hatten. Doch er konnte seine Meinung nur der Tochter gegenüber äußern, da jegliche Kritik an Namor als Widerstand aufgenommen wurde und schwere Strafen die Folge waren.

„Du bist zu hart zu dir selbst", sagte Helena.

„Niemand ist fähig, die Zukunft vorherzusagen."

„Aber ich bin der Botschafter."

Davids Stimme wurde lauter.
„Ich hätte mich weiser verhalten müssen. Ich hätte wissen müssen, dass

Macht etwas Gefährliches ist. Es verdunkelt die Herzen und vergiftet die Seelen. Niemand vermag ihr zu widerstehen."

„Aber man kann seine Macht doch auch dazu verwenden, Gutes zu tun, oder?"

„Glaubst du das wirklich?", erkundigte sich David.

„Nun ja, vielleicht bist du noch zu jung, um das zu verstehen."

Er setzte seine Reisschüssel auf dem Tisch ab und stand auf.

„Danke für dieses vorzügliche Mahl, mein Schatz."

„Aber du hast doch kaum etwas gegessen", wandte Helena ein.

„Ich bin sehr müde", sagte David.

„Ich würde mich gerne zur Ruhe legen."

Helena sah ihrem Vater nach, wie er das Speisezimmer verließ. Irgendwie schien er gealtert zu sein. Sein Körper war zusammengesunken, und er bewegte sich nur langsam vorwärts. Schließlich hörte sie, wie die Tür zu seinem Schlafzimmer ins Schloss fiel.

Helena versuchte, weiter zu essen, doch sie war zu aufgewühlt von der kurzen Unterhaltung.

Sie kam einfach nicht zur Ruhe, also stand sie auf und ging hinüber zum Schlafzimmer ihres Vaters. Als sie an die Tür klopfte, bekam sie keine Antwort. Also trat sie ein und wurde von dem überwältigt, was sie erblickte.

David saß mitten im Zimmer auf dem Boden, die Beine gekreuzt, seine azurblauen Augen verschlossen. Er hatte sein Hemd ausgezogen und säuberlich gefaltet auf sein Bett gelegt. Um ihn herum brannten Kerzen, die dem Zimmer ihr gelbliches, flackerndes Licht verlieh. Vor ihm, auf einem silbernen Teller, lag ein langes Jagdmesser mit einer Klinge aus Obsidian.

„Vater! Was tust du da?", rief Helena sichtlich entsetzt.

David öffnete langsam seine Augen.

„Zu viele Menschen sind durch mich gestorben", meinte er mit ruhiger Stimme.

„Ich kann nur für meine Sünden büßen, indem ich Seppuku begehe."

„Nein, tu' das nicht! Ich flehe dich an!",
rief Helena.

Tränen flossen über ihr Gesicht bis zum
Kinn.

„Es tut mir leid, Helena. Aber ich habe
keine Wahl."

David nahm das Messer mit beiden
Händen auf. Er hielt es so fest, dass
seine Knöchel hervortraten. Dann erhob
er noch einmal die Stimme.

„Mögen die ältesten Götter mir
vergeben, denn ich kann es leider
nicht."

„Nein!", hallte es von Helena nun in den
Raum, doch es war zu spät.

David stach das Messer aus Obsidian tief
in seinen Bauch, mit einer raschen

Bewegung zog er dann es in Richtung des Herzens. Dann sank er in sich zusammen.

Was danach genau geschah, daran konnte sich Helena nicht mehr erinnern. Sie nahm an, dass die Nachbarn herbei gerannt kamen, alarmiert von ihren Schreien. Das nächste, woran sie sich erinnern konnte, war, dass sie in einem weichen Bett in einem fremden Haus aufgewacht war.

So kam es, dass sich Laura und Helena auf der zweiten Beerdigung innerhalb eines Monats wieder fanden. Namor verordnete ein angemessenes Begräbnis auf dem Friedhof der Aristokraten, um seinen Werken zu Lebzeiten zu würdigen. Nach der Zeremonie trennten sich die beiden Mädchen von den anderen und gingen an einen Platz, an dem sie alleine waren. Sie ließen sich am Boden nieder, lehnten sich Rücken an Rücken und erzählten sich gegenseitig Geschichten über die Person, die sie gerade jeweils verloren hatten. Sie hörten erst auf, als ihnen keine Story mehr einfiel.

„Es tut mir sehr leid für das, was passiert ist", sagte Laura nach einem längeren Schweigen.

„Es muss dir nicht leid tun", sagte Helena.

„Wir haben beide jemanden verloren, den wir sehr geliebt haben."

Laura nickte schweigend, nicht bewusst darüber, dass Helena es nicht sehen konnte.

„Wenn du einen Wunsch frei hättest, was wäre das?", fragte Helena.

„Hmm", die Prinzessin dachte eine Weile nach.

„Dann würde ich mir wünschen, dass nie wieder Krieg wäre."

„Das ist ein schöner Wunsch. Er gefällt mir."

„Was ist mit dir?", fragte Laura.

„Was wäre dein Wunsch?"

„Ich wünschte mir Macht", merkte Helena an, ohne zu zögern.

„Macht, um die Welt zu verändern, zumindest in einen Ort, an dem sich nie wieder jemand das Leben nehmen muss."

„Wow, ich glaube, das ist ziemlich schwierig. Nicht einmal die ältesten Götter könnten dies bewerkstelligen."

„Dann muss ich eben noch mächtiger als jene Götter werden", befand Helena.

„Also, weißt du, das nennt man Ketzerei", lachte Laura, bemerkte aber dann, dass Helena nicht spaßig zu Mute war. Sie drehte sich zu ihr um.

„Du meintest das eben nicht ernst, oder?"

„Doch", antwortete Helena, „mir war noch nie etwas so ernst."

„Na dann, erhabene Göttin."

Laura und stand auf.

„Lass' uns zurückgehen, bevor die anderen anfangen, uns zu suchen."

Gemeinsam rannten sie zurück, der untergehenden Sonne entgegen. Die dünnen Wolken am Himmel leuchteten in einem roten Licht, als hätte sie Lady Delia, die Herrin der Flammen, persönlich entfacht.

Zur selben Zeit, Mutterreich (Erde)

Es ertönte ein lautes Grollen, und die Erde bebte. Der große Monolith zerbrach in zwei Teile, als wäre er von einem gigantischen Messer zerschnitten worden. In dessen Mitte war ein Mann eingeschlossen gewesen. Er war von kräftiger Gestalt und hatte kurzes, dichtes Haar. Als der Stein nachgab, fiel er nach vorn auf die Knie. Ein paar Sekunden lang rang er nach Luft, dann sah er sich um.

Er befand sich in einer riesigen Höhle. Erst als sich seine Augen nach und nach an die Dunkelheit gewöhnt hatten, erkannte er die Ausmaße dieser. Er war der einzige Mensch hier, und dennoch war er nicht allein. Ein großes Augenpaar funkelte in der Finsternis.

„Caro? Bist du das?", fragte der Mann.

„Ja, Aaron", entgegnete eine dröhnende Stimme.

„Was ist mit mir passiert? Wo bin ich?"

„Du bist im Mutterreich", antwortete die Stimme.

„Du warst in einem Stein eingeschlossen."

„Im Mutterreich? Wie bin ich hergekommen? Ich dachte, dass alle Portale hierher versiegelt seien!"

„Ich weiß nicht, wie du hergekommen bist. Ich weiß nur, dass es der Wille deiner Eltern war."

„Der Wille meiner Eltern?"
Aaron schaute ungläubig.

„Warum sollten sie mich in einen Stein einschließen wollen? Und dann auch noch im Mutterreich?"

„Das weiß ich nicht", antwortete Caro.

Allmählich machte Aaron die Unwissenheit wütend. Selbst wenn sein Vater einer der ältesten Götter und seine Mutter eine mächtige und angesehene Magierin war, hatten sie nicht das Recht, so etwas mit ihm zu machen.

„Wie lange war ich hier eingeschlossen?"

„Zweihundert Jahre."

Das brachte das Fass zum Überlaufen. Zweihundert Jahre seines Lebens waren ihm gestohlen worden, dafür mussten die Eltern eine Erklärung abgeben.

„Bring' mich zurück nach Marciola!", befahl Aaron harsch.

„Das kann ich nicht", erwiderte Caro.

„Irgendetwas hat meine Macht eingeschränkt."

„Dann werde ich eben einen eigenen Weg finden, um nach Marciola zu kommen!"

„Ich muss dich warnen", sagte Caro.

„Die Menschen im Mutterreich sind äußerst primitiv. Sie werden dir kaum eine Hilfe sein, geschweige denn, dich verstehen."

„Ich werde mich schon verständlich machen, verlass' dich darauf!", schwor sich Aaron grimmig dreinblickend und machte sich auf die Suche nach einem Ausgang.

KAPITEL 1

Gegenwart

Hong Kong, China

Louis Kim saß in der Mitte des großen Hofes und führte seine allmorgendliche Meditation durch. Die Augen waren geschlossen, die Beine gekreuzt, sein Rücken gerade, ohne steif zu wirken. Seine Hände ruhten auf den Knien, die Handflächen nach oben gewandt. Sein Atem war langsam und ruhig. Jemand, der ihn zufällig sah, hätte annehmen können, dass er eingeschlafen sei. Doch das war nicht der Fall. Im Gegenteil, in jenem Moment war er sich vieler Dinge bewusst, die ein anderer nicht einmal wahrgenommen hätte.

Es war noch sehr früh am Morgen, gerade eben ging die Sonne auf, und ließ den Hof aufleuchten, als wäre er ein Feld aus Gold. In ein paar Stunden würde der Hof befüllt sein von Schülern, die begierig schienen, die Kampfkunst der Shaolin zu lernen. Für das Training teilten sie sich in Zweiergruppen auf, und während einer von ihnen sich nur auf den Angriff konzentrierte, hatte der zweite nichts anderes zu tun als sich auf effektiver Weise zu verteidigen. Alle dreißig Minuten wechselten die Rollen, um auch dem Defensiven die Chance auf Angriff zu geben. Jemand, der untrainiert war, würde mit Sicherheit nach kürzester Zeit in Folge der Erschöpfung zusammenbrechen. Um dem vorzubeugen, erhielten die Schüler speziellen Unterricht zur richtigen Atemtechnik; außerdem lernten sie ihre innere Energie, ihren Chi, zu konzentrieren.

Wahres Können brauchte keine Anstrengung.

All diese Lektionen hat Louis Kim vor langer Zeit gelernt. Nun war er selbst ein Lehrmeister. Er überprüfte jeden Tag, ob seine Schüler die Anweisungen richtig umgesetzt haben. Er würde ihnen beibringen, bei einem Angriff, den sie ausführten, einen lauten Schrei von sich zu geben, um die innere Energie im konstanten Fluss zu halten. Später, wenn die Schüler ihre Fähigkeiten ausgebaut hatten und ihre Kräfte richtig einzusetzen wussten, mussten sie nicht mehr schreien.

Das war genau der Grund, weshalb Louis Kim seine eigene Meditation stets um diese Zeit des Tages durchführte. Es war die einzige Zeit, in der absolute Ruhe herrschte, die perfekte Muse, um Frieden im Geist zu finden. Dies war die

Zeit, in der Louis Kim all seine persönlichen Sorgen und Sehnsüchte, die stets den Weg in das Herz eines jeden Einzelnen fanden, hinter sich lassen konnte

Als Champion der vergangenen Kampfturniere, hatte Louis Kim nicht nur ewige Jugend erhalten, sondern wurde auch vor die Wahl gestellt: Entweder auf die Erde zurückzukehren, um mehr Kämpfer für die kommenden Wettbewerbe zu trainieren oder Prinzessin Laura in ihr Heimatreich Marciola zu folgen, um ihr beim Wiederaufbau und Beseitigung der Schäden, die durch den Eroberungsfeldzug Namors entstanden waren, zu helfen. Louis Kim hatte seine Wahl getroffen.

„Zuhause ist, wohin das Herz gehört", behauptete einst ein alter Freund.

Louis Kims Herz schlug für die Erde. Er hat seine Entscheidung niemals bereut, doch manchmal stellte er sich vor, wie sein Leben wohl im Palast von Marciola verlaufen wäre, an der Seite einer Frau, der er sich noch immer verbunden fühlte.

Das plötzliche Geräusch von flatternden Flügeln durchbrach die Stille, ein Schwarm von Sperlingen, der in einem großen Baum gesessen hatte, war aufgeflogen. Louis Kim öffnet seine Augen und blickte ihnen nach.

Als er sich umwandte, sah er, dass ein Mann am Eingang des Tempels erschienen war. Er war im gleichen Alter wie Louis Kim. Er trug ein dunkelblaues, ärmelloses Hemd und eine schwarze Hose. Auf seinem Kopf trug er einen Hut mit einer breiten Krempe, die ihn vor der starken Sonne schützte

Louis Kim stand auf und lief dem Mann entgegen. Er hatte seinen Freund und Mitstreiter in den Turnieren fast seit einer Ewigkeit nicht mehr gesehen.

„Miguel!", flüsterte Louis Kim.

„Es ist zu lange her."

„Da hast du wohl recht", entgegnete Miguel.

„Wie schnell die Zeit vergeht."

Als Louis Kim ungefähr drei Armlängen von seinem Freund entfernt war, wurde er plötzlich von einem seltsamen Gefühl übermannt. Er spürte eine wundersame Aura von Miguel ausgehen, etwas, das darauf hindeutete, dass sein Herz von einer bösen Macht besessen war. Er hielt auf der Stelle an.

„Was ist los, mein Freund?", erkundigte sich Miguel.

„Ich bin nicht dein Freund", erwiderte Louis Kim mit fester Stimme.

„Und du bist nicht Miguel!"

Der Mann, den Louis Kim zunächst für ihn gehalten hatte, sagte kein Wort. Stattdessen ließ er ein höllisches Grinsen aufblitzen. Sofort darauf begann sich alles an ihm zu verändern. Die Gesichtszüge wurden strenger, sein Haar wurde länger, ein verzwirbelter Ziegenbart wuchs an dessen Kinn; und sogar seine Kleider begannen sich zu verändern, sein Hut war verschwunden, er trug nun ein feuerrotes Gewand, das in vergangenen Zeiten von den

Feudalherren getragen wurde. Als die Verwandlung vollendet war, war es nicht mehr Miguel, der vor ihm stand, sondern Master Hugo, der bösartigste menschliche Magier, den die Erde je zu Gesicht bekommen hat.

„Du enttäuschst mich, Champion", stellte Master Hugo in einem sarkastischen Tonfall fest.

„Deine Fähigkeiten scheinen nachgelassen zu haben. Ich hätte mich ohne Mühe anschleichen und dich töten können."

Louis Kim fluchte leise, denn Master Hugo hatte Recht. Er hätte die Präsenz des Magiers früher spüren müssen. Doch was ihm wirklich Sorgen machte, war die Tatsache, dass er es gewagt hatte, diesen geheiligten Ort zu betreten. Das war nicht irgendein

Gebäude, die Stätte wurde vom Rat der Hohepriester geführt, die direkt den ältesten Göttern unterstanden. Ein Akt wie der von Master Hugo würde mit Sicherheit als Sakrileg aufgefasst werden, und der Hexer hätte mit schwerwiegenden Konsequenzen zu rechnen. Dennoch konnte Louis Kim nichts als Zuversicht in Master Hugos Augen erkennen. Hatte er etwas übersehen? Unterschätzte er den Magier vielleicht?

„Wie kannst du es wagen, hierher zu kommen?", fragte Louis Kim.

„Dir ist der Zutritt verboten worden!"

„Verbote kümmern mich einen Dreck!", erwiderte Master Hugo.

„Wie auch immer, du solltest aber wissen, dass ich ein fairer Spieler bin.

Also gebe ich dir noch einmal die Chance, dein Leben und den Namen des Tempels zu verteidigen. Ich fordere dich zu einem Kampf heraus!" Nachdem er dies gesagt hatte, nahm er Kampfstellung an. Er stellte sich auf ein Bein, während er das andere Bein anhob. Die Hände hob er hoch über seinen Kopf, die Finger dabei leicht gekrümmt.

„Du hast also tatsächlich die Unverfrorenheit, den Kranich-Stil zu verwenden?", hakte Louis Kim nach.

„Nun gut, deine Beleidigungen werden bestraft werden!"

Master Hugo grinste immer noch.

„Wer weiß?", lächelte er.

„Vielleicht bist du es ja diesmal, der bestraft wird. Möge der Kampf beginnen!"

Am nächsten Tag, im Tempel des „Weißen Lotus", China

Miguel klopfte an die Tür, und ohne auf eine Antwort zu warten, trat er ein.

Hinter der Tür lag ein großer Raum, dessen vier Wände von Bücherregalen gesäumt, die bis unter die Decke reichten. Alle Regale waren vollkommen ausgefüllt. Manche der Bücher wirkten so alt, dass sie schon vergilbt und fast zerfielen. In der Mitte des Raumes stand ein Tisch, der ebenfalls mit Büchern überhäuft war. Manchmal fragte sich Miguel, ob der „Hüter der Bibliothek" in diesem scheinbaren Chaos alles immer auf Anhieb fand.

Der „Hüter" war ein alter Mann mit einer Nickelbrille und hörte auf den Namen Edgars Chen. Er wurde im ganzen Orden wegen dessen Gelehrtheit geschätzt. Alle kamen zu ihm, wenn sie einen weisen Rat haben wollten, und nun brauchte Miguel seinen Rat.

Schon seit dem Tag zuvor spürte der junge Meister eine innere Unruhe, was dazu führte, dass er weder richtig essen noch schlafen konnte. Doch was ihn noch mehr beunruhigte, war die Tatsache, dass er den Grund seiner Unruhe nicht kannte. Sie war am Morgen zuvor plötzlich aufgetreten und wollte nicht mehr weggehen. Was ihn am meisten erschreckte, war, dass er als Mitglied der Gesellschaft des „Weißen Lotus" schon in so manche heikle Situationen geraten war, die ihn weitaus weniger in Unruhe versetzt hatten.

Der weiße Lotus war eine uralte Organisation, die irgendwann im Mittelalter gegründet worden war. Ihr Hauptanliegen war die Bekämpfung „allen Übels", was immer man sich darunter vorstellen wollte. Als Jugendlicher hatte sich Miguel ganz einfache Verbrechen vorgestellt, wie Diebstahl, Korruption oder auch Mord. Dennoch hatte er sich gefragt, wozu eine solche Gesellschaft, in den modernen Zeiten noch von Nöten ist, wo es doch die Polizei und andere staatliche und private Institutionen gab, die sich darum kümmerten. Erst als er selbst in die Gesellschaft eingetreten war, hatte er die volle Wahrheit erfahren, die alle seine Vorstellungen überstieg.

Meister Edgars stand gerade vor einem der Regale und las in einem Buch,

Miguel den Rücken zugewandt. Und doch sprach er ihn mit seinem Namen an, als der Jüngere sich ihm näherte.

„Wie kann ich Euch helfen, Miguel?", fragte er, ohne sich umzudrehen.

„Woher wusstet Ihr, dass ich es bin?"

„Ich habe Euch an Eurer Gangart erkannt", antwortete der alte Mann.

Erst jetzt wandte er sich um. Er hielt seinen Kopf leicht gesenkt und betrachtete Miguel über die Gläser über die Brille hinweg.

„Was ist Euer Anliegen?"

„Ich verspüre eine innere Unruhe, kenne aber nicht den Grund dafür", stellte Miguel fest.

„Und nun wollt Ihr meine Hilfe?"

„Ja, Meister Edgars, wenn es Euch nicht gerade von etwas abhält."

Meister Edgars ließ nur ein leichtes Brummen erklingen. Dann reichte er Miguel das Buch, das er in seinen Händen hielt. Es war dasselbe Buch, in dem er eben gelesen hatte. Es war ein altes Schriftwerk. Auf dem Einband standen nur zwei einsilbige Worte als Titel: „Yi Jing".

„Versucht es damit", sagte er.

„Meister Edgars, ich fürchte, Ihr habt mich missverstanden, ich wollte keine Wahrsagerei."

Meister Edgars schmale Lippen bogen sich zu einem leichten Lächeln. „Ihr seid es, der etwas missverstanden hat, junger Freund. Ursprünglich ist das Yi Jing als ein Buch mit Lebensweisheiten konzipiert worden, die dem Menschen in der unmittelbare Gegenwart helfen soll. Erst später hat man es zur Vorhersage der Zukunft benutzt."

„Ich verstehe"

Miguel bedankte sich und wollte gerade gehen, als Meister Edgars ihn zurückrief.

„Ich bin noch nicht fertig", er mit der Strenge eines Lehrers, der einen ungehorsamen Schüler tadelte. Miguel wandte sich wieder um.

„Ich wollte Euch noch erklären, was die Grundidee des Yi Jings ist", murmelte Meister Edgars Chen wieder sanfter.

„Es besagt nämlich, dass alle Dinge in zwei Lager unterteilt sind. Zum Beispiel

Mann und Frau, schwarz und weiß, Sonne und Mond, Gut und Böse. Die Welt aber befindet sich im ständigen Wandel zwischen diesen Extremen, sie befindet sich also im Gleichgewicht. Nur wenn die Sonne untergegangen ist, kann man den Mond sehen, und nur wenn der Mond untergegangen ist, wird es wieder hell. Das Ziel eines jeden Menschen sollte es sein, dieses Gleichgewicht zu erhalten. Und das Yi Jing beschreibt alle Zustände des Lebens, vom absoluten Gleichgewicht bis hin zu den chaotischsten Zuständen."

„Wenn wir das Böse bekämpfen, stellen wir uns doch eindeutig auf eine der beiden Seiten", wandte Miguel ein.

„Wie können wir da von Gleichgewicht sprechen?"

Meister Edgars lächelte.

„Es gibt nun einmal Dinge auf der Welt, die unumkehrbar sind. Eine verdorbene Speise zum Beispiel wird nicht wieder genießbar. Wenn wir also gegen das Böse und für das Gute kämpfen, kämpfen wir für eben jenes Gleichgewicht, denn das Gute verdirbt schneller als das Böse wieder gut wird. Außerdem, wenn wir uns völlig vor dem Bösen abschotten, woher wollen wir dann wissen, ob nicht das, was wir für das Gute halten, schon längst verdorben ist?"

Er schwieg eine Weile.

„Ich hoffe, dass ich Euch damit helfen konnte", sagte er dann.

„Ich werde es euch wissen lassen", versprach Miguel und verließ die Bibliothek.

Er kehrte in seine Privatkammer zurück und begann, sich eingehender mit dem Yi Jing zu befassen. Es dauerte nicht lange, da hatte er ein Hexagramm erstellt, das die Zukunft vorhersagen sollte. Als er es dann im Buch nachschlug, bekam er unwillkürlich eine Gänsehaut. Das Hexagramm, das er bekommen hatte, hieß:

„Ming Yi, die Verfinsterung des Lichts."

Doch die dazugehörigen Erläuterungen erschienen ihm mehr als rätselhaft. Was hatte das zu bedeuten? Es konnte kein Zufall sein, dass das Hexagramm exakt zu dem Gefühl passte, das er seit einigen Tagen spürte. Er befand sich in der Dunkelheit und wusste keinen

Ausweg, aber wie war er überhaupt in die Dunkelheit geraten?

Plötzlich spürte er eine Präsenz hinter sich so deutlich. Es befand sich jemand im Zimmer. Er drehte sich um und sah Lord Aaron, den Gott des Donners und Beschützer des Erdenreiches. Wie so oft war in seinem Gesicht nicht die geringste Regung zu erkennen, doch dessen Anwesenheit allein verriet bereits einiges.

„Lord Aaron! Ist es wahr, dass es eine neue Bedrohung geben wird?", gab sich Miguel unsicher.

„Ich fürchte, ja", antwortete der Donnergott.

„Aber wie sagt man so schön? Am dunkelsten ist es immer vor dem Sonnenaufgang."

Zur gleichen Zeit irgendwo in den Vereinigten Staaten:

Julia Münch rannte die Küste des Sees entlang, an einem Punkt drehte sie sich nach Osten um, der aufgehenden Sonne entgegen. Bald darauf erreichte sie eine Stelle, an der das Gewässer relativ seicht war und erst allmählich abfiel. Dort bog sie ein und rannte direkt zum Wasser weiter.

Sie erhöhte ihre Geschwindigkeit und hielt sie für die nächsten fünf Minuten. Dann verlangsamte sie sich allmählich, bis sie schließlich anhielt. Sie schaute zurück und schätzte die Strecke ab, die sie zurückgelegt hatte. Fünf Meilen in einer halben Stunde, sie war in Form, nicht, dass sie jemals langsam auf ihren Beinen gewesen wäre. Während sich ihr

Atem wieder beruhigte, schaute Julia auf den See hinaus.

Sie konnte die Anstrengung ihres Laufs spüren, und es war heiß geworden. In jenem Moment musste sie zugeben, dass das Wasser eine durchaus verführerische Kraft auf sie ausübte. Es war eine Schande, dass sie ihre Badesachen nicht bei sich hatte. Selbstverständlich hatte sie einen Kurs als Rettungsschwimmerin absolviert, als sie noch bei der Armee war, was unter anderem mit einschloss, eine Distanz in voller Bekleidung und in der kürzesten Zeit zurückzulegen. Das schlechte daran war nur, dass sie danach noch die ganze Strecke zu ihrer Hütte zurücklaufen musste, während sich ihre Sachen anfühlten, als hätte sie einen Mantel aus Blei an.

Auf der anderen Seite war das der letzte Tag ihres Urlaubs, und sie würde lange keinen solchen wunderschönen See mehr sehen. Am nächsten Tag begann ihre Arbeitsschicht im Hauptquartier der Fantasia Investigation Agency, kurz OIA genannt. Dieses befand sich in Alaska, und zwar unter der Erde.

Natürlich wusste sie, dass die Agency nur dank ihrer Bemühungen und denen ihres Partners Felix gegründet worden war. Sie fühlte sich auch sehr geehrt darüber, dass die Regierung sogar das Geld bereitstellte, ein neues Gebäude für das Hauptquartier zu bauen, um das Dimensionsportal, welches sich unter der Erde befand, zu beherbergen. Dennoch hatte jede Münze zwei Seiten. Jede Arbeitsperiode dauerte ein ganzes Jahr, es gab keine Ausnahmen. Das bedeutete, dass, wer auch immer gerade den Dienst anzutreten hatte,

Familie, Freunde und was ihm sonst noch ans Herz gewachsen war, für ein ganzes Jahr verlassen musste. Manche sagten zwar, dass die Zeit vorüber fliege, wenn man erst einmal mit der Arbeit angefangen hatte, dennoch war es eine verdammt lange Zeit.

Julia hatte eine Entscheidung getroffen. Sie musste einfach die Natur umarmen, solange sie die Gelegenheit dazu hatte. Sie blickte vorsichtig um sich, um sicher zu gehen, dass keine unerwünschten Beobachter in der Nähe standen. Immerhin war sie seit der Gründung der OIA eine Berühmtheit geworden, und sie konnte schon fast die Schlagzeile der Boulevardpresse vom nächsten Tag vor sich sehen:

LIEUTENANT JULIA MÜNCH VON DER OIA BEIM NACKTBADEN GESICHTET.

Als sie sich davon versichert hatte, dass niemand in der Nähe war, zog sie sich aus. Innerhalb weniger als dreißig Sekunden lagen all ihre Kleider am Boden, und kurz danach war sie an einer Stelle angekommen, an der sie problemlos untertauchen konnte. Das Wasser war nicht wirklich kalt, es war eisig.

Innerhalb einer kurzen Zeit befand sich Julia in der Mitte des Sees. Hätte sie ihre Kleider bei sich gehabt, wäre sie bis auf die andere Seite geschwommen. Aber da dies nun nicht der Fall war, machte sie eine Wendung und kehrte zurück.

Als sie auf dem halben Weg zum Ziel war, geriet sie plötzlich an eine Stelle, an der eine schnelle Strömung war. Sie musste hart dagegen ankämpfen, um nicht fortgetragen zu werden. Mit einer raschen Bewegung drehte sie sich auf den Rücken, um es etwas einfacher zu haben. Aus dem äußersten Augenwinkel konnte sie erkennen, dass sie eine ziemliche Strecke von der Stelle abgedriftet war, wo sie hätte sein sollen. Sie musste all ihre Kraft aufbringen, um wieder dorthin zurückzukehren. Vielleicht war es die Verzweiflung gewesen, die ihr plötzlich neue Energie gab.

Ohne Pause schwamm sie bis an ihr Ziel. Als sie aus dem Wasser stieg, war sie so erschöpft, dass sie sich erst einmal hinsetzen musste. Es wäre wirklich ein Jammer gewesen, wenn sie jetzt ertrunken wäre, nachdem sie den Kurs der Rettungsschwimmer als Beste ihrer Klasse abgeschlossen hatte. Aber andererseits war sie sich sicher, dass sie an diesen Tag denken würde, wenn sie wieder mal einen langweiligen Tag im Hauptquartier verbrachte. Als sie sich besser fühlte schlüpfte sie schnell in ihre Kleider zurück und machte sich auf den Rückweg.

Als sie wieder auf dem befestigten Weg ankam, hörte sie jemanden ihren Namen rufen. Sie drehte sich um und erblickte Felix, der auf sie zu gerannt kam.

Felix war jetzt für eine lange Zeit ihr Arbeitspartner. Sie konnte sich nicht mehr an den ersten Tag ihrer Zusammenarbeit erinnern, aber zusammen hatten sie bereits viele Bedrohungen bekämpft, auf der Erde und anderswo.

„Endlich habe ich dich gefunden."

„Das nächste Mal solltest du eine Notiz über deine Aufenthaltsorte hinterlassen, wenn du in Urlaub gehst."

„Das tue ich lieber nicht", bekräftigte Julia.

„Sonst bekomme ich nie meine Ruhe. Aber jetzt bist du ja hier, nicht wahr?"

„Ja, jetzt bin ich hier", sagte Felix. Dann bemerkte er etwas:

„Hey, du tropfst!"

„Ja, ich war draußen im See", antwortete Julia

„Ich hab' eine kleine Abkühlung gebraucht."

„Ich verstehe. Aber wie hast du es geschafft, dass deine Kleider trocken geblieben sind?", fragte Felix mit einer gewissen Neugierde.

„Ich hab' sie vorher ausgezogen, du Schlaukopf!" Doch schon sehr bald bereute es Julia, das gesagt zu haben. Auch wenn Felix sich sehr bemühte, ernst auszusehen, konnte er doch nicht gänzlich das Grinsen eines Teenagers unterdrücken, der gerade an einen schmutzigen Witz dachte.

„Oh Mann, ich bin eine solche Idiotin!", ärgerte sich Julia.

„Wieso musste ich dir das jetzt erzählen?"

„Weil du eben ein ehrliches Mädchen bist", antwortete Felix.

„Aber keine Sorge. Ich habe mich unter Kontrolle, wirklich!"

„Ja sicher."

Julia war nicht sehr überzeugt davon.

„Was war eigentlich so wichtig, dass es nicht bis morgen hätte warten können?"

Das Grinsen verschwand schlagartig von Felix' Gesicht.

„Nun, ich habe eine gute und eine schlechte Nachricht. Welche willst du zuerst hören?"

„Wer will schon zuerst eine schlechte Nachricht hören?", fragte Julia.

„Also, die gute."

„Deine Reise nach Alaska wurde abgesagt", behauptete Felix.

„Was? Wieso?"

„Und das ist die schlechte Nachricht. Es gab eine riesige Explosion im Hauptquartier", sagte Felix.

„Den Satellitenfotos zufolge wurde das Gebäude vollständig zerstört."

„Oh mein Gott!"

Einen Moment lang schwieg sie.

„Was ist mit der Crew, die gerade dort gearbeitet hat?"

„Es konnten keine Lebenszeichen mehr festgestellt werden. Wir müssen annehmen, dass sie alle tot sind."

Für eine ganze Weile stand Julia einfach nur da, ohne irgendetwas zu sagen. Viele Gedanken rasten durch ihren Kopf. Dann erwachte sie wieder aus ihrer Apathie. „Gib' mir eine halbe Stunde", sagte sie „ich werde mich sofort ans Packen begeben."

„Ich kann dich mitnehmen, wenn du willst. Mein Wagen steht gerade dahinten", Felix zeigte mit einer Hand irgendwo in die Richtung, aus der er gekommen war. Julia nickte.

„Übrigens, wie hast du überhaupt diesen Ort gefunden?" fragte Felix.

„Das ist ja mitten im Nirgendwo!"

KAPITEL 2

Dämonen des Waldes

Lung Hai Tempel, Erde

An einem kleinen See, der das ganze Jahr über mit einer dicken Eisschicht überzogen war, lag, für alle ungebetenen Gäste verborgen, ein großer Gebäudekomplex. Dies war der Lung Hai Tempel, benannt nach dem See, der vor jenem lag.

Es war zwar eine maßlose Übertreibung, dieses kleine Gewässer „Meer des Drachens" zu nennen. Aber die alten Meister der Lin Kuei hatten schon immer einen Hang zu hochtrabenden Namen, und daran hat sich auch nichts geändert, seitdem Ben das Amt des Großmeisters übernommen und den Clan reformiert hatte.

Schon seit der Gründung des Klans waren die Großmeister auf der Suche nach Abkömmlingen eines mystischen Volkes, das der Legende nach, die Macht hatte, Kälte zu kontrollieren, denn sie planten die Züchtung von Killern, die ihre Missionen unter den widrigsten Umständen erfolgreich ausführen konnten. Um unerkannt zu bleiben, zogen sich die Gründer des Clans von der Außenwelt zurück. Weil die Mitglieder in der Tiefe des Waldes wohnten und nur selten von Außenstehenden gesehen wurden, bekamen sie bald ihren Namen: Lin Kuei, die „Dämonen des Waldes".

Tatsächlich gab es zwei Mitglieder im Klan, denen Kälte absolut nichts ausmachte und die außerdem die außergewöhnliche Fähigkeit besaßen, Dinge durch bloßes Anfassen gefrieren lassen zu können. Einer von ihnen war Ben, der jetzige Großmeister der Gruppierung. Der andere war sein älterer Bruder. Wie sie beide in den Klan kamen, daran konnte sich Ben nicht mehr erinnern. Solange er zurückzudenken vermochte, hatten sie dort gelebt. Es blieb ihnen auch keine Zeit, über ihre Herkunft nachzudenken; der Klan schickte sie permanent auf Missionen aus.

Lange Zeit dienten die Großmeister des Klans dem Imperator Fantasias mit Ergebenheit. Auf jedem seiner Eroberungszüge gingen Mitglieder des Lin Kueis mit, so auch Ben und sein Bruder. Es waren gefährliche Zeiten, doch die beiden schafften es immer irgendwie, zu überleben, während ihre Kameraden einer nach dem anderen dahinschieden. Doch obwohl sie wussten, dass das Glück nicht ewig auf ihrer Seite stehen würde, hatten sie dem Klan nicht den Rücken gekehrt und nie seine Pläne hinterfragt. Im Gegenteil, sie waren mit Stolz für die Lin Kuei und an der Seite von Namors Truppen in den Krieg gezogen, und mit noch größeren Ehren triumphierend zurückgekehrt.

Als Gegenleistung für die Unterstützung bekam der Klan nicht nur eine angemessene Menge an Platin, Gold oder auch Edelsteinen, sondern zusätzlich eine vom Imperator persönlich unterzeichnete Erlaubnis, jederzeit Fantasia betreten und wieder verlassen zu dürfen. Und dieser Vertrag war den alten Großmeistern mehr wert als alles Platin, das es gab. Der war der eigentliche Grund, weshalb die Meister Namor die Treue geschworen hatten, denn den Legenden zufolge gab es irgendwo in dem unwirtlichen Reich eine geheime Höhle, die vollständig aus Eis bestand, obwohl rund um jene, tropische Temperaturen herrschten. Die Erlaubnis, sich frei in Fantasia herumbewegen zu dürfen, nutzten die alten Großmeister aus, um nach eben diesem Tunnel zu suchen.

Würden sie den Ort finden, wären sie ihrem ursprünglichen Ziel ein ganzes Stück näher gekommen. Sie erfahren dann, woher die beiden Brüder kamen, und was das Geheimnis des legendären Volkes war, sofern es das überhaupt gab. Aber die Suche war bisher ohne Erfolg geblieben.

Mittlerweile waren viele Jahrzehnte vergangen, seit der Lin Kuei seine ruhmreichen Tage erlebt hatte. Nach dem Sieg im letzten Kampf gegen Namor und dessen Schergen begannen die Strukturen innerhalb des Lin Kueis auseinander zu brechen. Sämtliche früheren Großmeister des Klans begingen entweder Selbstmord oder flohen ins Exil, und Ben kehrte zurück, um einen Schlussstrich unter die Vergangenheit zu ziehen und einen Neuanfang zu machen. Er wollte den Klan reformieren, und die Erde gegen das Böse, das einst der Verbündete war, zu verteidigen.

Eines Tages entdeckte Ben antike Schriften, die in der geheimen Bücherkammer des Klans lagen und in denen überaus penibel über den Verlauf der Suche nach der Höhle protokolliert wurde. Zum ersten Mal seit langer Zeit stellte sich Ben wieder die Frage nach seiner Herkunft. Aber um ehrlich zu sein, befasste sich Ben nicht mit Mythen und Legenden, er glaubte nicht an das sagenumwobene Volk, nach welchem die alten Großmeister gesucht hatten.

Vielmehr dachte er, dass er seine Fähigkeiten einer Laune der Natur zu verdanken hatte, bis er eines Besseren belehrt wurde.

Ein Jahr zuvor:

Als die Umstrukturierung des Klans begann, verbannte Ben zuerst alle Mitglieder, die Anhänger der alten Großmeister waren. Am Ende blieben nur noch jene übrig, die Ben den Eid leisteten, und weil sie kaum mehr als eine Hand voll zählten, entschloss sich Ben dazu, neue Mitglieder anzuwerben. Und so wurde der Lin Kuei mehr oder weniger zu einer öffentlichen Schule für Kampfkunst. Einige Leute kamen, viele von ihnen wurden wieder abgewiesen, weil entweder die Kraft oder der Wille oder beides fehlten.

Unter den Bewerbern war eine junge Frau, vielleicht Mitte oder Ende zwanzig. Ben erinnerte sich noch genau an ihre erste Begegnung. Er saß an seinem Schreibtisch im Büro und sie saß ihm gegenüber. Er hatte ihr ein Glas Wasser eingeschenkt, an dem sie ab und zu nippte.

Als er sie erblickte, fiel ihm zuerst ihr Haar auf. Obwohl ihre Hautfarbe eher dunkel war, waren ihre Haare hell und schimmerten bläulich. Dann erkannte Ben den Grund für die eigenartige Farbnuance. Ihr Haupt war von winzigen Eiskristallen durchsetzt, sie hatte Reif auf dem Kopf.

„Ihr habt es nicht unter Kontrolle", war das Erste, was er zu ihr sagte.

„Wie bitte?", fragte sie etwas verwirrt.

„Ihr könntet die Macht haben, die Kälte zu kontrollieren", erklärte Ben.

„Aber statt dessen kontrolliert die Kälte Euch. Der Reif in Eurem Haar verrät es mir."

„Ich. habe das schon seit jeher", sagte die junge Frau.

„Ich weiß nicht, weshalb ich das habe. Ich habe schon alles versucht, um es loszuwerden, aber es kommt immer sofort wieder. Meine Freunde nennen mich deswegen Frost."

Ben nickte. Es war ihr offensichtlich peinlich, darüber zu sprechen.

„Habt Ihr schon mal Dinge eingefroren?"

„Ich habe eine Tiefkühltruhe zuhause", verkündete Frost mit einer solchen Unschuld, dass Ben lachen musste.

„Entschuldigt mich, aber habe ich etwas Komisches gesagt?"

„Nein", erwiderte Ben.

„Ich möchte euch etwas zeigen."

Er schenkte sich selbst einen Becher Wasser ein und stülpte es dann mit einer raschen Bewegung um, aber anstatt, dass es sich über den Schreibtisch ergoss, fiel eine kleine Säule aus Eis heraus, die genau die Form des Glases hatte. Und während Frost erstaunt zusah, ließ Ben den Eiszapfen ins Glas zurückfallen, der sich wieder verflüssigte.

„Wie habt Ihr das gemacht?", fragte Frost erstaunt.

„Wir nennen diese Energie Kori", erklärte Ben.

„Bisher kennen wir nur wenige, die diese Energie beherrschen können. Ihr scheint eine von ihnen zu sein, oder sollte ich sagen, eine von uns."

„Ihr meint, ich kann das auch?"

„Ich glaube, schon. Ich werde Euch lehren, Eure Kori zu kontrollieren", kündigte Ben an.

„Das heißt, wenn Ihr entschlossen seid, hier zu bleiben."

„Das bin ich", versicherte Frost.

Sie schien überglücklich zu sein. Ihre Augen begannen, zu leuchten.

„Ich danke Euch, Großmeister Ben."

„Bedanken könnt Ihr euch später"

„Wenn Ihr dem Hauspersonal Bescheid gebt, wird man euch eure Unterkunft zeigen."

Sie stand auf, verbeugte sich kurz und ging zur Tür. Im selben Augenblick öffnete sich die Tür, und Frost erschrak ein wenig. Vor ihr bewegte sich ein Cyborg in einer gelb und weiß gefärbten Panzerung. An mehreren Stellen seines Körpers waren grün und rot blinkende Leuchtdioden angebracht. Falls er so etwas wie ein Gesicht hatte, lag es hinter einem dunklen Visier dessen Helms verborgen. Aus dem Scheitel sprießten drei kabelähnliche Antennen, die auf dem ersten Blick beinahe wie dünne Zöpfe aussahen.

„Verzeiht, ich wollte Euch nicht erschrecken", murmelte er mit einer monoton blechernen Stimme.

„Schon gut", sagte Frost etwas zögerlich und setzte dann ihren Weg fort, während der Cyborg das Zimmer betrat.

„Ich schätze, mein Erscheinungsbild ist immer noch ziemlich befremdlich für Leute, die mich zum ersten Mal sehen", meinte er, während er sich auf den Stuhl setzte, auf dem zuvor Frost gesessen hatte.

„Ja, selbst ich muss zugeben, dass du ziemlich einzigartig bist, Cyrax", sagte Ben.

Cyrax war einer von ursprünglich drei Cyborgs gewesen, die von den alten Großmeistern programmiert wurden, um Ben zu töten, nachdem dieser den Klan verlassen hatte. Dank der Army-Spezialeinheit, die von Felix und Julia Münch geleitet wurde, konnte ihm wieder ein Stück seiner Menschlichkeit zurückgegeben werden. Die anderen beiden Cyborgs nannten sich Sektor und Smoke. Zweiterer wurde irreparabel beschädigt nach dem letzten

Kampfturnier aufgefunden. Von ihm, der zu Zeiten, als er noch menschlich war, ein enger Freund Bens gewesen war, fehlte nach wie vor jede Spur. Und noch immer spürte Ben große Wut in sich aufsteigen, wenn er daran dachte, wie respektlos die früheren Großmeister das Leben anderer behandelt haben.

„Wie viele noch?", wollte Cyrax plötzlich wissen und riss damit Ben aus seinen Gedanken.

„Wie viele was noch?"

„Wie viele Anwärter erwartest du heute noch?", formulierte Cyrax seine Frage aus.

„Sie war die Letzte für heute", antwortete Ben.

„Lass' mich raten, du hast sie angenommen?"

„War das so offensichtlich?"

„Ich habe den Ausdruck in ihren Augen analysiert", bekräftigte Cyrax.

„Mein Ergebnis ergab: achtundsiebzig Prozent Glücksgefühl, zweiundzwanzig Prozent Anspannung. Es gibt ansonsten nur noch zwei Gelegenheiten, bei denen eine Frau diesen Ausdruck zeigen: Wenn du ihr einen Heiratsantrag machst und wenn sie einen O..."

„Ich will das nicht wissen!", rief Ben.

Cyrax teilte es ihm trotzdem mit: „...wenn sie einen Ohrring mit Diamanten geschenkt bekommt. Woran hast du denn gedacht?"

„Schon gut", erwiderte Ben knapp und versuchte sich Cyrax' Gesicht hinter seinem dunklen Visier vorzustellen.

Aber wahrscheinlich verzog er keine Miene, weil er bei der Transformation jegliche Emotionen verloren hatte.

„Eines würde mich allerdings interessieren. Du hast sie doch nur angenommen, weil sie die gleichen Fähigkeiten wie du hast, oder?"

„Wäre das so schlimm?", grinste Ben.

„Hast du die Ergebnisse der Aufnahmeprüfung gesehen?", fragte Cyrax.

„Für unsere Anforderungen ist sie ziemlich ungeeignet. Ich will damit nicht sagen, dass sie absolut unsportlich sei. Aber ihre Ausdauer ist nur mittelmäßig, und ihre Reaktionszeiten liegen im Keller. Jeden anderen mit den Werten hättest du schon abgewiesen."

„Ausdauer und Reaktion kann man trainieren", erwiderte Ben.

„Sie hat eine Chance verdient."

„Ich will dir keine Vorschriften machen, Ben. Nimm' auf, wen immer du willst. Aber über eines solltest du dir im Klaren sein. Wenn Namor morgen hier einmarschieren wollte, wären wir vielleicht die letzte Barriere, die ihn aufhalten könnte."

„Das habe ich nicht vergessen, Cyrax, und glaub' mir, ich weiß, wo ihre Schwächen liegen. Ich habe mich entschlossen, persönlich ihr Training zu übernehmen."

„Wie ich schon sagte, die Entscheidungen liegen ganz bei dir, Großmeister Ben."

Eine Weile lang schwiegen beide.

„Bist du schon fertig mit deinen Reisevorbereitungen?"

„Ja. Morgen früh geht es los."

Am Morgen darauf wollte Cyrax nach Alaska reisen, um mit neun anderen Leuten die erste Jahresschicht im neuen Hauptquartier der OIA zu übernehmen. Nachdem Julia und Felix die Beschädigungen an dessen Körper und den Schaltkreisen wieder repariert hatten, hatte er die Stelle in der neu gegründeten Agency übernommen. Er hatte es aus einem Pflichtgefühl heraus getan, wäre er noch ein Mensch gewesen, hätte er es Dankbarkeit genannt.

„Pass' nur auf, da oben kann es ganz schön einsam werden", empfahl ihm Ben.

„Wir sind Krieger der Lin Kuei", erwiderte Cyrax.

„Wir sind geboren für die Einsamkeit."

Ein Jahr danach:

Frost stand in der Mitte einer großen runden Trainingshalle. Sie trug das schwarze eng ansitzende Kampfkostüm, das sie sich am Tag ihrer Ankunft ausgesucht hatte. Am Oberteil des Kostüms waren links und rechts zwei breite Streifen aus hellblauer Seide angenäht. Auf diesen war jeweils ein chinesischer Drache gestickt, in der

Form einer Schlange, mit feurigem Schweif und spitzen Krallen an den vier Gliedmaßen. Und als Vollendung des Ganzen trug sie einen Stoffgürtel im gleichen Blau um ihre Hüften, der vielmehr als Zierde diente als die Kleidungsstücke zusammen zu halten.

Die Trainingshalle war komplett leer. Dennoch verbeugte sich Frost nach allen vier Himmelsrichtungen. Dabei orientierte sie sich an den großen Fenstern des Saales. Schließlich begann sie ihre tägliche Kata, eine Reihe von Angriffs- und Abwehrstellungen, die in fließenden Bewegungen nahtlos ineinander übergingen. Sie begann in der Anfangsstellung des Yuan-Yang-Kampfstils, welche die des Kranich-Stils in gewisser Weise ähnelte. Sie stellte sich auf ein Bein und hob das zweite an, bis Oberschenkel und Körper einen Winkel bildeten.

Die Arme hielt sie wie zwei Flügel weit auseinander gestreckt, den linken Arm himmelwärts, den rechten in Richtung Boden. Den Körper hielt sie leicht zur Seite gedreht, so dass sie in einer ernsten Situation blitzschnell Gegner abwehren konnte, die sich von hinten näherten. Dann setzte sie sich in Bewegung, erst langsam und dann allmählich ihre Geschwindigkeit steigernd, bis sie ein Tempo erreicht hatte, die sie als angenehm empfand. Sie schlug in alle Richtungen, blockte unsichtbare Angriffe ab, wich ihnen behände aus und ging wieder zur Attacke über. Blitzschnell ließ sie die Kori-Energie durch ihre Arme fließen, so dass sie von einer Sekunde auf die nächste zwei Dolche mit gezackten Klingen aus Eis in der Hand hielt. Sie stach in die Richtungen ihrer imaginären Gegner, wirbelte herum und ließ die Dolche genauso schnell wieder verschwinden, wie sie erschienen waren. Sie vollführte die Abläufe abermals, bis ein Geräusch die Stille durchbrach. Sie verharrte in einer Abwehrstellung. Dann verbeugte sie sich erneut und sah in die Richtung, aus der das Geräusch gekommen war.

Am Rande des Trainingsraums stand Ben an die Wand gelehnt. Auch er trug seine blau-schwarze Kampftracht, die ihrer ähnlich war.

„Gut, sehr gut, deine Kata beherrschst du nun perfekt."

„An der Stelle kommt immer ein ‚aber'"

Frost kam etwas außer Atem.

„Aber gegen imaginäre Kämpfer zu kämpfen ist eine Sache. Eine ganz andere ist es, einem echten Gegner gegenüber zu stehen."

„Ich weiß, das hast du mich schon oft gelehrt, Meister."

„Dann beweise mir, dass du deine Lektionen gelernt hast", forderte Ben.

„Ich nehme deine Herausforderung an", ermutigte sich Frost.

Sie stellten sich in der Mitte der Arena auf, zwei Armlängen voneinander entfernt. Dann verbeugten sie sich beide voreinander und gingen in die Ausgangsstellung. Während sich Frost wieder für Yuan-Yang entschied, nahm Ben eine einfachere und stabilere Haltung ein. Er stellte sich breitbeinig auf und hielt seine Hände auf der Höhe der Taille. Er hatte sich also für Shotokan entschieden, was nicht allzu überraschend war. Schließlich war das der Kampfstil, den er am besten beherrschte.

Ben griff zuerst an, er fuhr mit einem Arm aus und zielte auf Frosts Brusthöhe. Sie wehrte ihn mit ihrem Unterarm und konterte ihrerseits mit einem Schlag, der auf die Seite traf, die sich durch Bens Angriff geöffnet hatte. Doch auch ihr Lehrmeister war darauf vorbereitet. So lieferten sie sich gegenseitig eine Reihe von Schlägen, die aber vom jeweils anderen erfolgreich geblockt werden konnten. Dann, plötzlich und unerwartet, setzte Ben eine Finte ein: er holte zu einem hohen Schlag aus und vertraute darauf, dass Frost ihn abwehren würde, was sie auch tat. In dem Moment ließ sich Ben zu Boden sinken, streckte ein Bein aus und drehte sich ein Viertel um die eigene Achse. Es war nicht viel, reichte aber aus: Er traf sie mit dem Schienbein an der Seite ihres Beines, störte deren Gleichgewicht und brachte sie zu Fall.

„Lektion Nummer eins:", sagte Ben.

„Erwarte das Unerwartete, und zwar jederzeit."

Er beugte sich zu ihr hinunter und reichte ihr die Hand. Sie stellten sich erneut auf, verbeugten sich und gingen in die zweite Runde, die mit dem gleichen Schlagabtausch zuvor anfing. Doch dann entschied sich Frost, ihren Meister zu täuschen. Sie setzte zu einer ähnlichen Hoch-Tief-Kombination an. Doch sie unterschätzte ihn. Er wich dem ersten Schlag, der auf den Kopf gezielt war, aus, fing ihren zweiten Hieb auf seinen Magenbereich ab. Dann nutzte er ihre Schlagkraft aus und lenkte sie mit einem frontalen Schlag mit der

Handfläche auf ihre angreifende Faust zurück. Frost bekam ein Gefühl, als krochen tausend Ameisen ihren Arm entlang. Den Bruchteil einer Sekunde lang war sie so abgelenkt und wurde von Ben erneut zu Boden geschickt.

„Lektion Nummer zwei: Benutze eine Täuschung nur dann, wenn du dir absolut sicher bist, es könnte sonst nach hinten losgehen."

Er half ihr wieder auf und gingen in die dritte Runde. Dieses Mal bemerkte Ben sofort, dass Frost konzentrierter kämpfte. Ihre Schläge waren kontrollierter und ließen viel weniger Freiräume für Konterangriffe. Schließlich bekam sie eine Faust von Ben zu fassen, zog ihn nah an sich heran und schlug ihm mit der offenen Handfläche gegen die Schulter. Der Meister wehrte den Schlag zwar erfolgreich ab, doch das ließ

Frost genügend Zeit für einen tiefen Kick in seine Waden. Dieses Mal war es Ben, der zu Boden fiel.

„Gut, jetzt hast du dich konzentriert und meinen Schwachpunkt entdeckt."

Die Tür zur Arena wurde in dem Moment geöffnet, und einer der Lehrmeister kam herein.

„Großmeister, Lord Aaron ist hier, er würde dich gerne sehen."

„Lord Aaron? Was will er?"

Ben stand auf.

„Das wollte er mir nicht sagen", antwortete der andere.

„Er meinte nur, dass es wichtig sei."

„Ich bin schon unterwegs.“

Der Gott des Donners schritt unruhig auf und ab, als Ben ihn empfing.

„Lord Aaron, es ist mir eine Ehre, euch hier begrüßen zu dürfen“, sagte der Großmeister mit einer leichten Verbeugung.

„Wie ich sehen kann, hat sich hier einiges geändert“, begann Aaron.

„Dafür gebührt euch Respekt.“

„Ich danke Euch für Eure Worte. Nun, wie kann ich Euch dienen?“

„Ich brauche Eure Hilfe, Großmeister Ben“, sagte Aaron mit grimmiger Miene.

„Der Imperator von Fantasia zieht ein riesiges Heer zusammen und beabsichtigt, zuerst Marciola, und dann die Erde anzugreifen. Ich fürchte, dass ein Krieg unabdingbar ist."

„Das sind beunruhigende Neuigkeiten, Lord Aaron"

Ben blickte besorgt.

„Ich fürchte, dass trotz unserer Bemühungen die Erde auf einen offenen Schlagabtausch nicht vorbereitet ist."

„Da habt Ihr durchaus Recht", sagte Aaron.
„Deshalb müssen wir unsere Schritte umso besser planen. Es tut mir Leid, meine Zeit ist sehr knapp bemessen."

Er überreichte Ben einen versiegelten Brief.

„Es findet in drei Tagen eine Zusammenkunft statt. Dann werdet ihr mehr erfahren. Doch nun muss ich euch verlassen. Es müssen noch andere informiert werden."

Aaron wollte sich gerade abwenden, um den Raum zu verlassen, als Ben ihn noch einmal ansprach.

„Ich würde gerne jemanden zu diesem Treffen mitbringen, wenn Ihr es erlaubt", bat Ben.

„Wer ist es?"

„Eine Schülerin von mir."

„Nun, wie ich bereits sagte, stehen wir vor einem Krieg. Ich fürchte, in einer solchen Situation bleibt keine Zeit für die Ausbildung Unerfahrener."

„Sie mag eine Schülerin sein, aber sie hat durchaus Erfahrungen im Kampf."

„Vertraut ihr dieser Person?"

„Vollkommen, Lord Aaron", versicherte Ben.

„Sie ist eine Lin Kuei und hat mir ihre Loyalität geschworen."

„Wenn das so ist, benötigt ihr keine Erlaubnis von mir", erwiderte Aaron.

„Ich wäre erfreut, Eure Schülerin kennen lernen zu dürfen."

„Ich danke Euch, Lord."
Ben verbeugte sich noch einmal. Als er sich wieder aufrichtete, war Aaron verschwunden.

Los Angeles, USA

Marc Sobeck huschte leise durch die schmalen Gänge eines Hotels, das definitiv schon bessere Tage erlebt hatte. Während er weiterlief, hoffte er, dass ihm niemand entgegenkam. Ein jeder, der ihn gesehen hätte, hätte mit Sicherheit geschrieen oder sonst ein verräterisches Geräusch gemacht, denn er trug eine Pistole am Gürtel, die er leider nicht verstecken konnte, da er nur ein einfaches T-Shirt trug.

„Warum muss ich immer die Drecksarbeit machen?", dachte er.

„Das war das letzte Mal. Ich werde langsam zu alt. Gleich morgen höre ich auf. Morgen ist der erste Tag vom Rest meines Lebens."

Doch Marc war sich bewusst, dass sein Vorhaben leichter gesagt als ausgeführt war. Dass er seinen Job bis jetzt nicht aufgegeben hatte, hatte Gründe.

Der erste Grund war, dass der Job als Privatdetektiv nun einmal das war, für das sich Sobeck entschieden hatte. Wenn er den Job jetzt an den Nagel hängte, wüsste er nicht, was er stattdessen machen sollte, um seinen Lebensunterhalt zu verdienen.

Der zweite Grund war, dass es da draußen Menschen gab, die seine Hilfe brauchten, die auf ihn zählten. Er konnte sie nicht einfach so abweisen, nur weil er gerade nicht in der Stimmung war.

Und schließlich der dritte und wichtigste Grund: Sobeck liebte seinen Job, auch wenn er in diesem Moment anders darüber dachte. Er mochte das Gefühl, zu wissen, dass er jemandem geholfen hatte, der in Schwierigkeiten geraten war. Er war sich bewusst, dass er es nicht schaffte, ganz alleine die Welt zu verbessern. Aber auch nur einen einzigen Menschen wieder glücklich zu machen, war schon ein guter Anfang.

Seine neueste Klientin war eine ziemlich gut aussehende Frau mit brünetten Haaren, die ihren Ehemann verdächtigte, er würde sie mit einer anderen Frau betrügen, da er in letzter Zeit häufig erst mitten in der Nacht nachhause kam und ihr dann irgendwelche offensichtlich erfundenen Entschuldigungen auftischte. Also kam sie zu Sobeck und bat ihn, ihren Ehemann zu observieren.

„Nichts einfacher als das", dachte sich Marc Sobeck zuerst.

Doch als seine Untersuchungen voranschritten, fand er heraus, dass es keine Frau war, mit der sich der Gatte traf, sondern Keith Henrikson, ein gesuchter Waffenhändler. Ihm schuldete der Ehemann noch Geld. Aber bevor er Weiteres unternehmen konnte, erfuhr er, dass die Ehefrau auf eigene Faust Ermittlungen angestellt hatte. Leider wurde sie dabei von Henrikson entdeckt, der sie daraufhin kidnappen ließ. Und so kam es, dass sich der Schnüffler auf der Suche nach ihr sich in diesem heruntergekommenen Hotel wieder fand.

Sobeck hatte Glück, niemand hatte ihn gesehen. Das gesamte Hotel war ruhig. Er kam schließlich an dem Zimmer vorbei, in dem er den Kidnapper und sein Opfer vermutete. Er entdeckte, dass die Tür nicht richtig geschlossen war. Sie war nur angelehnt. Der Schnüffler zog seine Waffe aus dem Gürtelhalfter und trat langsam ein.

Es war ein ganz normales Zimmer mit zwei großen Betten und einem Schrank für die Kleider. In der Mitte des Raumes jedoch stand ein Stuhl, auf der seine Klientin saß. Sie war mit einem Strick gefesselt worden, und ein Stück Isolierband klebte über ihrem Mund, so dass sie nur noch undeutlich Geräusche machen konnte, ihre Augen bewegten sich panisch hin und her. Ansonsten schien der Raum leer zu sein. Von Henrikson fehlte jede Spur, immerhin hatte er die Frau am Leben gelassen.

Als Sobeck sich der Frau näherte, wurden sowohl die Geräusche, die sie machte, als auch ihre Augenbewegungen immer hektischer. Er erkannte, dass sie nicht willkürlich mit ihren Augen rollte, sondern vielmehr in eine bestimmte Richtung wies, in die der der Türe.

Sobeck wirbelte herum, doch es war zu spät. Henrikson sprang hinter der Tür hervor und kickte mit einem hohen Tritt dessen Waffe aus seiner Hand. Sie flog in einem Bogen in die hinterste Ecke des Zimmers. Während er sich noch von dem Überraschungsangriff erholte, kehrte Henrikson um und rannte aus dem Hotelzimmer.

„Verdammt nochmal!", fluchte Marc.

Er entschied sich dafür, Henrikson zu verfolgen, anstatt seine Waffe aufzuheben.

„Es tut mir leid, Lady, ich befreie Sie später!"

Er rannte aus dem Zimmer und sah gerade noch, wie Henrikson um eine Ecke verschwand. Mit großen Schritten lief Sobeck hinterher.

Es stellte sich heraus, dass sich sein Kontrahent in eine Sackgasse verrannt hatte, es war ein abgeschlossener Hinterhof. Er saß in der Falle.

„Das ist das Ende, Henrikson!", rief er.

„Du kannst dich nicht mehr verstecken!"

„Na schön! Komm' her und wir tragen es aus wie richtige Männer!"

Während sich Marc dem Waffenhändler näherte, sagte er:
„Ich muss zugeben, dass du ziemlich gut in Kämpfen bist. Bisher haben mich nur wenige überrumpeln können."

Plötzlich erblickte er im äußersten Blickwinkel eine in seltsamen weißen Kleidern gewandete Gestalt. Einen Moment lang war er so sehr abgelenkt, dass er nicht bemerkte, dass er nur noch zwei Armlängen entfernt von Henrikson stand; der nutzte sogleich die Gelegenheit, holte aus, und schlug ihm mitten ins Gesicht. Sofort schrie Sobeck schmerzerfüllt auf.

„Scheiße! Musstest du so fest zuschlagen?"

„Äh, eigentlich solltest du laut Drehbuch was anderes sagen", sagte Henrikson, und wenig später bemerkte er:

„Du blutest ja."

„Das versuche ich dir doch zu sagen!"

„Schnitt!", unterbrach die Stimme des Regisseurs aus dem Hintergrund.

Sofort kamen Leute herbei gerannt und brachten Papiertücher.

„Es tut mir leid, dass ich das nicht gemerkt habe, Johnny", sagte der Mann, der die Rolle Henriksons spielte, „aber wir sind doch den gesamten Ablauf fünfmal durchgegangen."

„Schon gut", meinte Johnny. „Ich hab' nicht aufgepasst."

Mittlerweile war der Regisseur von seinem Hochsitz herabgestiegen und kam auf die beiden Schauspieler zu.

„Was zum Henker war denn das?", fragte er.

„Es tut mir leid"

Johnny, hielt noch immer seine Nase.

„Ich habe es vermasselt."

„Und wie ist es dazu gekommen, wenn ich fragen darf?"

„Ich wurde abgelenkt", entschuldigte sich Johnny.

„Abgelenkt? Wodurch denn?"

„Durch einen Mann."

„Durch einen Mann? Falls du es noch nicht bemerkt hast, hier sind Duzende von Männer", erwiderte der Regisseur, woraufhin Johnny ihm einen Blick zuwarf, der hätte töten können.

„Nun gut, ich glaube, es bringt jetzt nichts, noch weiter darüber zu diskutieren. Bist du in Ordnung? Kannst du weitermachen?"

„Ja, ich glaube schon", antwortete Johnny.

„Es tut nur höllisch weh. Gib' mir noch ein paar Minuten und lass mich eine Schmerztablette nehmen."

„Okay, Leute, eine halbe Stunde Pause!", rief der Regisseur dem Stab zu.

Johnny Lucas drehte sich um und kehrte zu seinem Wohnwagen zurück. In einem gewissen Sinne fühlte er sich genau wie Marc Sobeck. Er hatte es satt, die Rolle des Action-Helden zu spielen. Er wollte stattdessen etwas Neues ausprobieren, vielleicht in einer Komödie oder einem Drama. Aber der Regisseur hatte ihn doch noch dazu überredet, ein letztes

Mal die Rolle des Marc Sobeck zu übernehmen.

Als er an seinem Wohnwagen ankam, sah er den weiß gekleideten Mann wieder. Er lag richtig, der Mann, der ihn abgelenkt und zu dem kleinen Unfall geführt hat, war niemand geringeres als Aaron, Gott des Donners, einer der achtzehn ältesten Götter und der Beschützer der Erde.

„Beeindruckende Vorstellung", bemerkte Aaron.

Seine Stimme klang ruhig wie immer.

„Falls ich an diesem kleinen Unfall eben Schuld war, tut es mir leid. Ich hoffe, es ist nichts Schlimmes."

„Schon okay", beschwichtigte Johnny.

„Ich hatte schon ganz andere Verletzungen. Also, wie komme ich zu der Ehre eures Besuches? Seid ihr jetzt nicht einer der ältesten Götter?"

„Ich muss dir leider eine schlechte Nachricht überbringen. Es kommt ein Krieg auf uns zu."

Johnny brummte.

„Namor versucht es wieder? Was machen denn deine Leute? Ihr solltet uns doch vor so etwas bewahren! Aber es sieht so aus, als müssten wir wieder mal selbst ran."

Aaron lächelte, aber seine Augen schauten traurig. Das machte Johnny zu schaffen, wenn sogar ein Gott anfing, Gefühle zu zeigen, war definitiv etwas nicht in Ordnung.

„Dieses Mal ist es etwas anderes", versicherte Aaron.

„Der Krieg ist diesmal unausweichlich. Er wurde bereits vor Äonen vorhergesagt. Es wird um Himmel und Erde gerungen werden. Und eine Niederlage würde das Ende aller Dinge bedeuten."

Er gab Johnny ein Stück Papier.

„Komm' an diesen Ort, in drei Tagen. Uns bleibt nicht viel Zeit."

„Und was wird jetzt aus meinem Film?", fragte Johnny und warf einen Blick auf das Stück Papier. Es waren Zahlen darauf gekritzelt. Als er wieder aufsah, war Aaron fort, er hatte sich, in Luft auflöst, so wie er es immer tat. Er kam und ging, wie es ihm beliebte.

„Na toll", murmelte Johnny. Er sah noch einmal auf das Papier. Es handelte sich nicht nur um Zahlen, sondern Koordinaten, und sie kamen ihm seltsam bekannt vor. Dann erinnerte er sich, das war der Ort, von wo aus das Schiff losfuhr, als er und die anderen zu der Insel übersetzten, auf der das erste Kampfturnier abgehalten worden war. Johnny Lucas bekam ein schlechtes Gefühl in der Magengegend.

„Ich schätze, so toll ist der Film auch wieder nicht", redete Johnny mit sich selbst.

„Es wird wohl wieder Zeit für ein wenig echte Action."

Er ging in seinen Wohnwagen, packte schnell ein paar Sachen zusammen und verließ den Drehort, ohne jemandem auch nur ein Wort zu sagen.

KAPITEL 3

Rot und Schwarz

Washington D.C., USA

Man sagte, dass sich das Leben von einer Sekunde auf die andere komplett auf den Kopf stellen kann. Es waren diese Momente, in denen man sich die Frage nach dem Sinn der Existenz stellte. Das bedeutete nicht, dass man sein Leben nicht planen konnte. Chris hatte schon solche Augenblicke erlebt.

Das erste Mal lag schon mehrere Jahre zurück. Damals wurde das Dorf, in dem er wohnte, völlig überraschend von Namors Truppen angegriffen. Die Soldaten befanden sich in einem Blutrausch, sie verschonten niemanden. Alle Bewohner wurden gnadenlos niedergemetzelt, Männer, Frauen, Kinder. Auch Chris war dem Tod nahe, wie ein Wunder überlebte er das Massaker, doch er war schrecklich entstellt. Er musste von nun an eine Maske tragen, die die Luft filterte, die er einatmete, und ihn mit zusätzlichem Sauerstoff versorgte. Später erfuhr er, dass sein Dorf der einzige Ort auf der Erde war, das von Namors Zorn heimgesucht wurde. Danach zogen sich seine Truppen aus unbekanntem Grund völlig von der Erde zurück.

Für Chris brach die Welt zusammen. Wieso musste es ausgerechnet sein Dorf sein, das zerstört wurde? Weshalb wurden gerade ihm Frau, Kind und Freunde weggenommen? Hatte das einen bestimmten Grund? Eine Zeit lang dachte Chris an Selbstmord. Das Einzige, was ihn daran hinderte, war seine unbändige Wut. Er schwor sich, denjenigen zur Strecke zu bringen, der den Angriff zu verantworten hatte.

Er gab die Rachepläne erst auf, als er Dixa kennen lernte, einen Mann, der seinem Leben einen neuen Sinn gab, indem er ihn in den Klan des schwarzen Drachen aufnahm. Er beschloss, Dixa zu dienen. Er begann seinen Körper zu trainieren und lernte die Künste des bewaffneten und unbewaffneten Kampfes. Dass die Methoden des Klans äußerst gewalttätig und fragwürdig waren, störte Chris nicht, denn er hatte seine Bestimmung gefunden. Schon bald wurde er zum stellvertretenden Anführer des Klans ernannt.

Dann trat ein zweites Mal ein Ereignis ein, das sein Leben von Grund aus veränderte. Er begegnete eines Tages einem mysteriösen Kämpfer, der sich Andres nannte. Chris kannte ihn nicht, aber dass er ein Freund Dixas war, schien für jenen Grund genug gewesen zu sein, ihn zu einem Duell herauszufordern.

Andres war ein schlanker Mann mit einem schmalen Gesicht. Sein Erscheinungsbild war sehr gepflegt, ebenso wie seine Stimme. Er war von mittlerer Größe und sah nicht besonders kräftig aus. Chris dachte, dass er ihn mit Leichtigkeit besiegen könnte. Doch er irrte sich. Zwar hatte Andres in der Tat weniger Kraft als er, aber die Geschwindigkeit seiner Bewegungen überstieg die von Chris bei weitem. Zudem wurde dessen Schnelligkeit kombiniert mit der perfekten Beherrschung von Wing Chun, eines Kampfstils, der auf der Ausgeglichenheit von Angriff und Verteidigung basierte. Chris fand sich bald als Unterlegener des Duells wieder. In jenem Augenblick offenbarte sein Gegner seine sadistische Ader. Schon als der Arme am Boden lag, schlug Andres noch weiter auf ihn ein, bis er sein Bewusstsein verlor. Aber wie, um ihn noch mehr zu demütigen, ließ der Wahnsinnige ihn am Leben und seinen gebrochenen Körper mitten in der Wildnis liegen.

Chris wäre mit Sicherheit seinen schweren Verletzungen erlegen, wenn er nicht einen unbekannten Helfer gehabt hätte, der ihn wie durch Zufall fand und ihn in einem kleinen Haus eines anderen Reiches wieder gesund pflegte. Erst Wochen später, als er genesen war, stellte Chris fest, dass er im Kampf noch etwas verloren hatte. Andres hatte nach dem Fight seine Waffen, zwei Hakenschwerter, als Trophäe mitgenommen.

Sein Helfer in der Not nannte sich Felix. Doch in all der Zeit, in der Chris in seinem Haus Unterschlupf fand, hatte er nie sein Gesicht gesehen. Das lag daran, dass er stets eine dunkle Kapuze trug.

Der unbekannte Mann gab Chris wieder Mut. Er schmiedete ihm zwei neue Hakenschwerter, und gab ihm einen Auftrag. Er sollte zur Erde zurückkehren und neue Mitglieder für den schwarzen Drachen um sich scharen. Denn nur so hätte er eine Chance gegen Andres und seine Männer, die einem verfeindeten Klan angehörten, dem roten Drachen. Mit diesem Auftrag wurde Chris zurückgeschickt. Und noch immer war jener unwissend darüber, wie Felix ihn gefunden hatte und was er auf der Erde zu suchen hatte, wenn er doch in einem anderen Reich wohnte.

Doch irgendetwas in seinem Inneren sagte ihm, dass er sich in Geduld üben musste. Er würde die Antworten auf alle Fragen erhalten, wenn die Zeit reif war. Vorerst konzentrierte er sich nur auf den Auftrag, der ihm von Felix gegeben wurde.

„Wieso interessiert dich dieser Kerl so sehr?"

Chris drehte seinen Kopf und warf einen kurzen Blick auf die Frau mit den feuerroten Haaren, die auf dem Beifahrersitz saß, dann blickte er wieder auf den Verkehr vor ihm.

„Er scheint ein guter Kämpfer zu sein", antwortete Chris.

„Ich glaube, dass er der richtige Mann für uns ist."

„Er ist entweder verrückt oder völlig realitätsfern", meinte die Frau.

„Niemand überfällt drei Banken in drei Tagen und macht weiter, wenn er weiß, dass die Polizei hinter ihm her ist."

„Das zeigt mir nur, wie gut der Junge sein Handwerk versteht", stellte Chris fest.

Er bog nach links ab. In einiger Entfernung konnten sie nun mehrere Polizeiwagen mit blinkenden Sirenen sehen.

„Da vorne muss es sein."

„Klasse, und die Kavallerie ist auch schon da", sagte die Frau.

„Da macht die Sache doch gleich viel mehr Spaß, Anna."

„Ich frage mich langsam, wer hier verrückter ist, der Typ da oder du", erwiderte sie.

„Immerhin bin ich nicht so verrückt, dass ich Waffen an die Taliban verkaufen würde", konterte Chris.

„Das hat jetzt wehgetan!"

Anna reagierte zwar im ersten Moment beleidigt, grinste aber wieder breit, als Chris sie ansah.

Er hielt ungefähr fünfzig Meter vor dem Polizei-Aufgebot an. Dann stiegen beide aus.

„Okay, die Waffen werden nur eingesetzt, wenn es unbedingt nötig ist", forderte Chris.

„Wir wollen hier nicht zu viel Aufsehen erregen."

„Schon klar, dass du den guten Jungen spielen willst", sagte Anna.

„Dixa wäre die Sache ganz anders angegangen."

„Deshalb verrottet Dixa jetzt auch im Kerker von Fantasia", stellte Chris fest.

„Ich habe ihn schon mehrmals davor gewarnt, sich mit jedem anlegen zu wollen. Aber er wollte ja nicht auf den Freak mit der Atemmaske hören. Bist du bereit?"

„Von mir aus kann es losgehen", sagte Anna.

„Dann los."

Gemächlich und ohne zu hetzen, schritten die beiden voran. Schon bald kamen sie an eine Straßenabsperrung, die von zwei Polizisten bewacht wurde.

„Halt! Wer sind Sie?", rief einer der beiden.

„Sie können hier nicht durch!"

„Wollen wir wetten?"

Blitzschnell fuhr Chris mit der rechten Faust aus und landete einen Treffer in dessen Magengrube, während er mit der offenen Fläche der linken Hand einen gut gezielten Kinnhaken ansetzte. Der Polizist ging bewusstlos zu Boden. Derweil war der andere von Anna, die eine geübte Kämpferin war, mit zwei raschen Schlägen außer Gefecht gesetzt worden. Die beiden überquerten die Absperrung und traten an die Ansammlung von Polizeiwagen heran.

Da alle mit gezogenen Waffen ihre Blicke auf den Eingang der Bank gerichtet hatten, bemerkte keiner von ihnen die beiden Angreifer, die sich näherten. Erst als zwei der acht Beamten, die dort versammelt standen, durch gezielte Schläge auf den Hinterkopf zu Boden fielen, wurden die anderen auf sie aufmerksam. Sechs Pistolen waren sofort auf Chris und Anna gerichtet.

„Hände hoch! Und keine Bewegung!"

„Also, entscheidet euch mal. Sollen wir nun die Hände hochnehmen oder uns nicht bewegen?"

Noch bevor jemand von den Polizisten reagieren konnte, schnellte Chris mit der Hand hervor, packte den Beamten, der ihm am nähesten stand, am Handgelenk und warf ihn über die

Schulter. Der Polizist landete hart auf dem Rücken, und Chris drückte seinen Arm kraftvoll nach innen, so dass jener die Waffe fallen ließ. Einen weiteren, der von hinten auf ihn zukam, setzte er mit einem Rückwärtstritt außer Gefecht. Anna warf ihrerseits einen anderen mit einem ausgeholten Fegekick zu Boden. Der vierte bekam noch aus der Drehung heraus einen Schlag mit dem Handballen ins Gesicht.

„Da waren es nur noch zwei."

Diese beiden befanden sich nun in einer Mischung aus Furcht und Verwirrung. Schließlich nahm der eine seinen ganzen Mut zusammen, raste auf Chris zu und kassierte einen Tritt gegen den Brustkorb. Der letzte der Polizisten wurde mit einem Schlag ans Kinn ins Land der Träume geschickt.

„Das war einfacher, als ich gedacht habe", stellte Anna fest.

Nebeneinander   einherschreitend betraten sie die Bank. Mehrere Kunden kauerten verängstigt am Boden. In der Mitte der Halle lag ein Mann mittleren Alters, er war tot, durch die Brust erschossen. Ein junger Mann mit blonden, schulterlangen Haaren stand neben der Leiche. Er hielt eine Frau im Würgegriff und richtete eine Pistole gegen ihre Schläfe.

„Kommt mir keinen Schritt näher, oder ich werde die Frau erschießen!", schrie er, seine Stimme bebte.

„Bitte tun Sie das nicht.", flehte ihn die Frau mit weinender Stimme an.
„Ich habe Kinder."

„Halt's Maul, Schlampe!", brüllte der junge Mann sie an. Mehrere der anderen Geiseln schreckten zusammen.

„Wir wollen dir nichts tun", sagte Chris ruhig und machte vorsichtig einen Schritt nach vorn.

„Bleibt sofort stehen! Ich meine es ernst!"

„Ja, das sehe ich", entgegnete Chris und zeigte auf den Toten.

„Hat er dir auch nicht gehorchen wollen?"

„Wer seid Ihr überhaupt?", fragte der junge Kerl.

„Seid ihr Unterhändler, die die Bullen angefordert haben?"

„Nein", antwortete Chris.

„Wir sind weder Unterhändler noch haben wir sonst etwas mit der Polizei zu tun. Wir wollen nur, dass du mit uns kommst."

„Ich werde nirgendwohin mitkommen."

„Schön, wir werden dich nicht zwingen", beteuerte Chris.

„Aber was willst du dann tun? Hier bleiben, bis noch mehr Polizisten hier auftauchen? Du hast jetzt einen Mann getötet, das ist etwas anderes als nur ein Banküberfall."

„Ich wollte das nicht", stammelte der junge Mann.

„Aber er ging auf mich los."

„Und da hast du ihn einfach erschossen."

„Ich habe das nicht gewollt!", wiederholte er sich.

„Doch, natürlich", erwiderte Chris.

„Du wusstest es nur nicht. Du brauchst das, weil es dir einen Kick besorgen kann. Deswegen machst du die ganzen Banküberfälle."

Der junge Mann wusste nichts mehr zu sagen, er schwieg und musterte Chris aufmerksam, als versuchte er ihn einzuschätzen.

„Und? Was war das für ein Gefühl, als du den Mann erschossen hast?"

„Was?"

„Hat sich das Töten gelohnt? War es ein gutes Gefühl, diese Macht über Leben

und Tod eines Menschen zu haben?" ,
fragte Chris.

Der bizarre Kerl musste einen Moment
lang überlegen, bevor er antwortete.
  „Ja."

„Willst du es noch einmal erleben?"

Der Täter nickte.

„Ich kann dafür sorgen, dass du dieses
Gefühl so oft erleben kannst, wie du
willst", schlug Chris vor.

„Aber dafür gibt es zwei Bedingungen.
Die erste wäre, dass du mit uns
kommst."

„Und was passiert dann?"

„Wir töten nicht wahllos unschuldige
Menschen. Der Mann, den du

erschossen hast, hat dir nichts getan, ebensowenig wie die anderen in diesem Raum, oder die Frau, der du gerade die Waffe an den Kopf hältst. Heb' deinen Hass auf für die wahren Feinde."

Ein letztes Mal flammte der Widerstand in dem jungen Mann auf.

„Hör auf, so einen Müll zu reden! Ich glaube dir kein Wort!", schrie er.

„Du bist doch einer von den Cops und willst mich nur dazu überreden, mich zu ergeben!"

„Hey! Hast du die Polizei draußen gesehen? Was glaubst du, warum du nichts mehr von ihnen hörst?"

Der nunmehr komplett verwirrte Typ zuckte mit den Schultern.

„Ganz recht, weil wir sie erledigt haben", bekräftigte Chris.

„Glaubst du, wir würden so etwas tun, wenn wir welche von ihnen wären?"

Der junge Mann begann zu grübeln. Chris schien langsam sein Vertrauen zu gewinnen. Immerhin zog jener schon in Erwägung, auf das Angebot einzugehen.

„Na gut", sagte er dann zögernd.

„Ich werde mitkommen."

„Eine gute Entscheidung", beruhigte Chris die Situation.

„Dann wirst du jetzt die Frau loslassen."

Als der junge Mann nicht von ihr abließ, wurde Chris nun strenger:

„Lass' sie los! Du hast doch gehört, dass sie Kinder hat, oder? Willst du ihnen ihre Mutter wegnehmen, nur weil du dich nicht beherrschen konntest?"

Erst jetzt entließ er sie endlich aus ihrem Griff.

Chris wandte sich nun an die Frau:

„Du wirst dich jetzt zu den anderen setzen und dich nicht vom Fleck rühren, bis wir weg sind, oder ich kann den Gentleman hier nicht mehr daran hindern, dir wehzutun. Hast du verstanden?"

Die Frau nickte verängstigt wimmernd und tat, wie ihr befohlen wurde.

„Das Gleiche gilt auch für die anderen!", fügte Chris an, bevor er zusammen mit Anna und dem Räuber die Bank verließ.

„Wie heißt du, mein Freund?"

„Mein Name ist unwichtig", antwortete er.

„Ihr könnt mich Joseph nennen."

„Wir werden gemeinsam viel Spaß haben, Joseph", freute sich Chris.

„Heute fängt ein neues Leben für dich an, das verspreche ich dir."

„Wie konnte denn so etwas passieren?", erkundigte sich Polizeichef Rainer Landeck. Das hatte er in seiner zwanzigjährigen Dienstzeit noch nie erlebt. Zuerst ein Mann, der an drei aufeinander folgenden Tagen drei Banken überfällt, und jetzt auch noch das. Er stand vor dem Bankgebäude und hatte sich gegen einen Wagen gelehnt.

„Er hatte anscheinend Komplizen, von denen wir bisher nichts wussten", vermutete einer der Beamten.

„Sie kamen einfach hierher, setzten unsere Leute außer Gefecht und verhalfen ihm zur Flucht."

„Wie konnten nur zwei Leute acht bewaffnete Polizisten überwältigen?" Landeck war außer sich.

„Ich will sofort eine Personenbeschreibung der Komplizen haben und dann eine Großfahndung. Diese Typen werden nicht noch einmal entkommen!"

„Ich fürchte nur, das wird nicht so einfach", flüsterte eine Stimme hinter ihnen.

„Wenn jemand so durchtrainiert ist, hat ein Gegner mit einer Schusswaffe gegen ihn nur eine Chance, wenn er sich mehr als acht Schritte von ihm entfernt befindet. Die Leute, die hierfür verantwortlich waren, waren extrem gut geschult."

Als sich die beiden Polizisten umdrehten, erblickten sie einen breitschultrigen Mann. Er hatte eine Glatze und asiatische Gesichtszüge. Er trug einen dunklen Anzug und eine weinrote Krawatte.

„Wer sind Sie? Wer hat Sie hier durchgelassen?"

„Ich bin Special Agent Chengi vom FBI", stellte der Asiate sich vor und holte einen Ausweis aus der Innentasche des Jacketts. Seine Stimme war hart, hatte

150

einen arroganten Anklang und keinerlei ausländischen Akzent.

„Und mein Ausweis dürfte auch Ihre zweite Frage beantworten."

Das brachte den Chief gleich auf die nächste Frage:

„Was will denn das FBI hier?"

„Ihre Goldkinder haben auch in anderen Bundesstaaten Banken ausgeraubt", gab Agent Chengi zur Antwort.

„Wussten Sie das nicht?"

„Nein", gab der Chief zu.

„Wie meinten Sie das eben mit ‚sie waren durchtrainiert'? Doch nicht so etwas wie Kung Fu, oder?"

„Doch, genau das meinte ich. Wie dem auch sei, es ist eigentlich kein Wunder, dass Sie noch nichts von den Leuten gehört haben, die das hier getan haben. Sie gehören zu einer Gang, die überall im Land Unruhe stiftet", erklärte Agent Chengi.

„Es ist ziemlich schwierig, an sie heranzukommen, denn sie halten sich im Untergrund auf. Wir konnten ein paar von ihnen ausfindig machen und verhaften. Aber der größte Teil hält sich gut verborgen. Haben Sie etwas dagegen, wenn ich mich drinnen ein wenig umsehe?"

„Tun Sie sich keinen ZEdgars an", erlaubte ihm Landeck. Agent Chengi entfernte sich.

„Komisch, ich dachte, FBI-Agenten wären stets zu zweit unterwegs", sagte einer der Beamten, der noch immer neben dem Chief stand.

„Wie kommen Sie denn darauf?"

„Na ja, Mulder und Scully waren doch auch zu zweit. Also, ich mag diese Typen nicht, sie sind immer so aufgeblasen und halten sich für was Besseres als der Rest!"

Chief Landeck warf seinem Untergebenen einen schiefen Blick zu.

„Haben Sie eigentlich nichts zu tun? Sie werden nicht für das Herumstehen bezahlt!"

„Ja, Sir!" , nickte er und machte sich wieder an die Arbeit.

Agent Chengis Verdacht wurde von den Menschen, die als Geiseln gehalten wurden, nur zum Teil bestätigt. Ihren Angaben zufolge waren es ein Mann mit einer seltsamen Atemmaske und eine Frau mit leuchtend roten Haaren. Doch eins schien ihm neu: Da war noch ein Mann, ein Blondschopf, schätzungsweise Mitte zwanzig. Soweit Agent Chengi es wusste, gab es keine solche Person im Clan des schwarzen Drachen.

Er verließ die Bank und stieg in seinen Wagen. Dort nahm er sein Funktelefon aus der Tasche und wählte eine Nummer. Nachdem es auf der anderen Seite zweimal geläutet hatte, nahm ein Mann das Gespräch entgegen.

„Ja", war das Einzige, womit er sich meldete.

„Sir, ich habe die beiden Zielpersonen Chris und Anna ausfindig machen können", berichtete Chengi.

„Allerdings hat sich eine kleine Veränderung ergeben."

„Was?"

„Der schwarze Drache ist gerade dabei, neue Mitglieder zu rekrutieren. Zuletzt haben sie einen jungen Mann angeworben, der in den letzten Tagen mehrere Banküberfälle begangen hat."

Stille kehrte auf der anderen Seite ein, so dass Chengi sich fragte, ob nicht vielleicht die Verbindung abgebrochen war.

„Sir? Sind Sie noch dran?"

„Ja, ich überlege nur", antwortete der Mann auf der anderen Seite. Darauf folgte wieder ein kurzes Schweigen.

„Fahren Sie zurück zur OIA, und bleiben Sie an dieser Julia Münch dran. Sie wird uns zu Dixa führen, er ist unsere oberste Priorität. Das mit den anderen erledige ich selbst."

„Ok", sagte Chengi.

Er trennte die Verbindung und startete den Wagen.

Alaska, zur gleichen Zeit:

Schnee und Eis, soweit man sehen konnte. Wolken bedeckten den Himmel, aber der helle Boden reflektierte das vorhandene Licht so, dass es in den Augen schmerzte, wenn man keine Sonnenbrille trug. Selbst mit Sichtschutz konnte man schwer sagen, wo der Horizont endete. Erde und Himmel bildeten fast eine einzige monotone Einheit.

Der Hubschrauber landete direkt neben der großen, halbkugelförmigen Kuppel, die sich mitten in dieser Einöde erhob. Julia und Felix stiegen aus. Gebückt liefen sie vorwärts, um dem Wind, den die ratternden Rotoren erzeugten, weniger Angriffsfläche zu bieten. Sie hatten beide dicke Parka an, aber die winzigen Eiskristalle, die aufgewirbelt wurden, fühlten sich an wie unzählige kleiner Nadeln, die sich ins Gesicht bohrten.

Auf den ersten Blick sah die Kuppel unbeschädigt und noch intakt aus. Beim näheren Hinsehen entdeckte man die Risse, die sich über das gesamte Runddach zogen.

„Mein Gott", entfuhr es Julia.

„Was für eine gewaltige Explosion muss das gewesen sein, wenn sie unter der Erde stattfand und sogar dem Dach so zusetzte."

„Na ja", meinte Felix.

„Das Ding war komplett dicht, und die Energie musste irgendwo hin. Sie hat sich eben ihren eigenen Weg gebahnt."

Sie betraten die Kuppel und stiegen durch eine Luke im Boden eine lange Leiter hinab. Normalerweise gab es einen Fahrstuhl, der zwischen der Station und der Oberfläche auf und ab fuhr. Auch dieser hatte die Explosion nicht überlebt.

Unten sah es noch schlimmer aus, als Julia befürchtet hatte. Überall lagen

Trümmer und Geröll herum. Eingestürzte Balken, Kabel hingen lose von der Decke herab. Entlang der Wand waren Notbeleuchtungslampen aufgestellt worden, die ein kaltes, bläuliches Licht abgaben.

„Sieht nicht gerade sicher aus", murmelte Felix.

„Keine Sorge, es kann nichts mehr passieren. Wir haben alles abgesichert und den Strom abgestellt."

Der Mann, der das sagte, trug eine Jacke, auf der die Großbuchstaben ATF gedruckt waren. Er hatte ein kantiges Gesicht, einen Dreitagebart und eine finstere Miene. Auf seinem Kopf trug er einen schweren Schutzhelm. Er brachte zwei weitere Helme herbei, die er an Julia und Felix weitergab.

„Setzen Sie die auf. Einzelne Trümmerteile könnten immer noch von der Decke fallen."

Die zwei befolgten den Rat.

Phil Huber war ein Sprengstoffspezialist, er hatte schon zahlreiche Bomben entschärft, und fast genauso viele aus ihren Einzelteilen rekonstruiert. Wenn es irgendwo um Sprengstoff ging, zog man ihn zu Rate.

„Wissen Sie schon die Ursache?", erkundigte sich Julia.

„Ich tippe auf C4-Sprengstoff- Nur der hat eine solche Kraft. Und selbst dann bräuchte man ziemlich viel von dem Zeug, um den Laden hier in die Luft zu jagen. Wir sind immer noch mit der Suche nach den Einzelteilen der Bombe beschäftigt."

„Also war es definitiv ein Anschlag, und kein Unfall?", fragte Felix.

„Ich fürchte, ja", antwortete Huber.

„Die große Preisfrage wird sein, wie das Zeug hierher gelangt ist", glaubte Felix.

„Ich meine, jemand muss doch die Bombe hierher gekarrt, abgeladen und aktiviert haben. Ist so etwas nicht ziemlich auffällig?"

„Wir können nur hoffen, dass nicht alle Computerfestplatten zum Teufel sind", bekräftigte Huber.

„Dann könnten wir möglicherweise auf das Protokoll zurückgreifen, und so feststellen, ob jemand hier außerplanmäßig zu Besuch war."

„Haben sie sie schon bergen können?",
wollte Julia wissen.

„Ja, Madam", versicherte Huber.
„Sie sind schon auf dem Weg zurück
nach Washington. Dort hat man die
Mitarbeiterin Lisa Seeland damit
beauftragt, sofort mit der Arbeit zu
beginnen, wenn die Ware da ist."

„Seeland, ist das nicht die
Computertussi? Die mit den knappen
Röcken?", grinste Felix.

Huber warf ihm einen ernsten Blick zu,
erwiderte aber weiter nichts auf den
Kommentar.

„Genau die", bestätigte er.

„Sie ist ein ziemlich begabtes Mädchen.
Sie können sich auf sie verlassen."

„Was ist mit dem Dimensionsportal? Ist es ebenfalls beschädigt worden?", war Julias nächste Frage.

„Ich fürchte, dass das Portal völlig zerstört wurde", entgegnete Huber.

„Ich nehme an, dass die Explosion direkt im Portalraum stattgefunden hat. Es tut mir leid, ich weiß, wie viel Mühe Sie investiert haben, damit diese Einrichtung gebaut wurde."

„Schon okay", sagte Julia.

„Nehmen Sie sich so viel Zeit, wie Sie brauchen. Sie leisten hier gute Arbeit."

„Danke, Madam."

„Gern geschehen. Und nennen Sie mich bitte nicht ständig Madam. Sagen sie bitte Julia zu mir, meinetwegen können

Sie mich auch Münch nennen, aber hören Sie auf mit ‚Madam', okay?"

Huber nickte.

„In Ordnung, Frau Münch. Also, was werden Sie jetzt tun?"

„Ich werde nach Washington zurückfliegen, mich um die Bürokratie kümmern. Eine Menge Leute werden Antworten haben wollen. Mir graut es schon jetzt davor."

„Wir sehen uns dann", versicherte Huber.
„Ich werde mich melden, wenn sich etwas Neues ergibt."

Washington D.C.

Wenige Stunden später waren Julia und Felix zurück in der alten Zentrale des

OIA. Schon als sie durch die Eingangstür traten, wurden sie erwartet.

„Agent Chengi! Was machen Sie denn hier?", erkundigte sich Julia ein wenig überrascht.

„Ich dachte, Sie wären bei Ihrer Familie in San Fransisco?"

„Ich habe gehört, was passiert ist. Da bin ich sofort gekommen."

„Immer im Dienst, was?", lächelte Felix.

„Sind wir das nicht alle? Wissen Sie schon die Ursache?"

„Es war ein Sprengstoffanschlag", ließ Julia ihn wissen.

„Wow, ich frage mich, wer das getan haben könnte."

„Das fragen wir uns auch", .

„Kann ich irgendwie helfen?", bot Chengi an.

„Das können Sie tatsächlich. Gehen Sie in die Datenbank und finden Sie heraus, welche Mitglieder des schwarzen Drachen in letzter Zeit aktiv waren."

„Wieso glaubst du, dass es der schwarze Drache war?", hakte Felix nach.

„Überleg' doch mal, es ist eine geheime Einrichtung. Nur die wenigsten wissen davon. Es weiß noch immer fast niemand, dass Fantasia überhaupt existiert."

„Außer denen, die schon einmal dort waren", spann Felix den Gedanken zu Ende.

„Ganz genau", fügte Julia an.

„Da wir nicht unsere eigene Einrichtung in die Luft gejagt haben, was läge da näher auf der Hand?"

Sie holte eine Key-Card aus ihrer Jackentasche und gab ihn Chengi.

„Sie werden einen Zugangscode brauchen. Hier haben Sie ihn, oder warten Sie, ich komme mit."

„Was hast du vor?", fragte Felix.

„Ich will die Computertussi mit dem kurzen Rock sprechen."

„Ich und meine große Klappe! Das hätte ich lieber nicht sagen sollen", dachte Felix bei sich, während Julia und Chengi den Raum verließen.

Die Computerdatenbank war ein Raum im Keller mit mehreren Großrechnern. In einer Ecke stand ein kleiner Tisch mit einem Monitor darauf. Chengi setzte sich und ließ sich von Julia Zugang verschaffen.

„Kommen sie zurecht?"

„Ich glaube schon", antwortete Chengi.

„Wenn Sie Fragen haben sollten, wenden sie sich einfach an Miss Seeland. Sie sitzt gleich im Zimmer nebenan", schlug Julia ihm vor.

„Ich werde mich melden."

Julia ging in das kleine Nebenzimmer, wo Lisa Seeland an einem separaten Rechner saß. Sie trug einen eleganten Blazer und einen Rock, der knapp über

168

ihren Knien endete. Ihr brünettes Haar hatte sie zu einem Dutt gewickelt, der von zwei Bleistiften gehalten wurde. Eine spezielle Brille diente ihr dazu, beim langen Gebrauch des Computers die Augen zu schonen.

„Haben Sie schon etwas herausfinden können?" Julia war neugierig.

„Nein, bisher gab es nichts auffälliges", antwortete Lisa und drehte sich zu Julia um.

„Ich bin aber auch erst beim zweiten Monat der Aufzeichnung."

Es gab Frauen, die man als hübsch erachtete, weil sie sich auf eine besondere Weise schminkten, oder weil sie extravaganten Schmuck trugen, wie etwa teure Ohrringe, die das Gesicht auf eine bestimmte Weise hervorhoben.

Und dann gab es Frauen, die eine natürliche Schönheit besaßen, die gerade durch ihre Schlichtheit zum Vorschein kamen. Julia hatte festgestellt, dass Lisa Seeland zur zweiten Sorte gehörte.

„Lieutenant Huber scheint ja große Stücke auf Sie zu halten", merkte Julia nebenbei an.

„Sie haben ihn gesehen?" Lisa blickte auf.

„Geht es ihm gut? Ich weiß, es klingt kindisch, und es ist sein Job, diese Orte zu untersuchen. Aber ich mache mir immer ein wenig Sorgen, wenn er unterwegs ist."
„Sie sind mit ihm zusammen?"

„Oh ja, Phil ist so romantisch", wisperte Lisa mit dem Schwärmen eines verliebten Mädchens. „Er mag wie ein Rüpel erscheinen, aber tief in ihm schlägt ein sanftes Herz. Nächsten Monat wollen wir heiraten!"

„Jetzt weiß ich auch, warum er Felix so komisch angesehen hat."

„Wie bitte?"

„Ach nichts, ich habe nur laut nachgedacht. Also, das freut mich für sie. Dann will ich sie nicht weiter von Ihrer Arbeit abhalten."

„Ich sage Ihnen Bescheid, wenn ich was finde."

Als Julia aus dem Keller kam, war Felix nirgends zu finden. Schließlich traf sie ihn vor dem Haupteingang an. Er saß draußen auf einer Treppenstufe und rauchte eine Zigarette.

„Dass dich die Dinger umbringen können, weißt du, oder?"

Julia setzte sich neben ihn.

„Wer weiß das nicht?"

„Hast du noch eine?"

„Ich wusste gar nicht, dass du rauchst", sagte Felix und reichte ihr die Packung.

„Ich hab' damals aufgehört, als ich zur Army ging"

Sie steckte sich eine Zigarette in den Mund, Felix gab ihr Feuer. Eine Weile saßen sie schweigend nebeneinander und rauchten.

„Bist du okay, Julia?"

„Ich denke schon", bejahte Julia und blies eine weiße Rauchsäule in die Luft. Nach einer Weile gab sie zu:

„Ich bin nur fertig. Wir müssen unbedingt die Kerle kriegen, die diesen Anschlag verübt haben!"

„Das werden wir."

Felix warf seine Zigarette auf den Boden und trat sie aus.

„Weißt du, was ich mich gefragt habe? Ich habe über deine Theorie nachgedacht. Du weißt doch, die Sache mit dem schwarzen Drachen."

Julia nickte.

„Ich habe mich gefragt, warum das gerade jetzt passiert ist. Warum haben sie erst jetzt das Gebäude zerstört? Warum nicht schon vorher?"

„Vielleicht weil dieser Imperator Namor ihnen erst jetzt den Befehl dazu gegeben hat?"

Es war dem OIA schon länger bekannt, dass der schwarze Drache ein treuer Diener des Imperators ist.

„Und warum gibt er erst jetzt den Befehl?", sinnierte Felix.

„Er hätte die Station schon viel früher zerstören können. Warum gerade jetzt?"

„Du meinst…"

Julia brauchte den Satz nicht zu beenden. Sie wussten beide, dass sie an dasselbe dachten.

„Das gefällt mir nicht."

Es blitzte plötzlich grell auf, und ein Mann in weißen Kleidern erschien vor ihnen.

„Lord Aaron!", schoss es aus beiden fast gleichzeitig heraus.

„Ich bin hergekommen, um euch vor einer neuen Gefahr zu warnen. Aber wie ich erfahren habe, seid ihr schon davon betroffen", bedauerte Aaron.

„Dennoch muss ich euch um Hilfe bitten, denn bisher kennt ihr nicht das ganze Ausmaß der Dinge."

„Was meint Ihr damit?"

Julia wurde nervös.

„Im Moment kann ich euch noch nicht mehr sagen, denn es gibt Faktoren, die selbst mir noch unbekannt sind. Aber ich habe bereits die anderen Kämpfer benachrichtigt. Wir treffen uns in zwei Tagen in Hong Kong. Ich weiß, dass ihr euch in einer schwierigen Lage befindet. Aber es ist von ungeheurer Wichtigkeit, dass ihr ebenfalls erscheint. Alles Weitere erfahrt ihr später. Wir sehen uns."

Mit diesen Worten verschwand Aaron wieder in einem Lichtblitz.

„Ich glaube, wir sollten anfangen, Vorbereitungen für die Reise zu treffen", schlug Felix vor.

„Das denke ich auch", erwiderte Julia. 22.00 Uhr:

Seit mehr als zehn Stunden saß Chengi nun an der Datenbank. Es war ermüdend gewesen, die ungeheure Menge an Daten zu durchforsten, die von der OIA zusammengetragen worden war. Doch wenn etwas die Mitglieder des roten Drachen auszeichnete, dann war es ihre Disziplin und Ausdauer. Chengi würde seinen Vorgesetzten nicht enttäuschen. Nachdem er alle Informationen gesammelt hatte, die er brauchte, schaltete er den Rechner aus und ging ins kleine Zimmer nebenan.

Lisa Seeland saß noch immer an ihrem Tisch. Noch jemand mit viel Ausdauer. Sie hätte es beim roten Drachen weit gebracht.

„Sie geben auch nicht auf, wenn Sie eine Aufgabe angefangen haben, oder?"

Chengi bemühte sich, freundlich zu klingen.

Sie drehte sich zu ihm um.

„Oh, sie sind es. Sie haben mich ganz schön erschreckt."

„Tut mir leid, das war nicht meine Absicht."

„Schon gut. Haben sie alles gefunden, wonach Sie gesucht haben?"

„Ja", antwortete Chengi. „Ich bin ziemlich müde. Ich geh' jetzt nach Hause. Was ist mit ihnen?"

„Ich glaube, ich mache auch bald Schluss."

„Wie weit sind Sie mit ihrer Untersuchung gekommen?"

„Bis zum zehnten Monat. Da gab es ein paar ziemlich merkwürdige Ereignisse", sagte sie.

„Was meinen Sie damit?"

„Also, es gab da ein Problem mit der Elektrik", erklärte Lisa.
„Angeblich haben Sie uns um Hilfe gebeten. Aber in unserer Datenbank gibt es keine Eintragung eines Hilferufs. Das merkwürdigste kommt allerdings noch. Da kam tatsächlich ein Reparaturenteam und behob das Problem. Aber sie waren ziemlich lange dort."

Sie machte eine kleine Pause.

„Ich hoffe, Lieutenant Münch killt mich nicht, weil ich es ihnen zuerst mitgeteilt habe."

„Das tut sie ganz bestimmt nicht", versicherte Chengi mit einem Lächeln im Gesicht, das abrupt wieder verschwand.

„Weil ich sie nämlich töten werde."

Bevor Lisa reagieren konnte, zog Chengi eine schallgedämpfte Pistole und drückte viermal ab. Die junge Frau sank leblos zusammen.

„Ich hasse es, Frauen weh zu tun. Aber manchmal muss ich es machen."

Er schritt zum Computer und löschte die Einträge der letzten Monate.

Als er in der Eingangshalle ankam, begegnete ihm ein OIA-Mitarbeiter, der ihn freundlich grüßte.

„Gute Nacht, Sir."

„Wünsch' ich Ihnen auch", antwortete Chengi und verließ das Gebäude durch die Haupttür. Draußen nahm er sein Mobiltelefon hervor und wählte die Nummer seines Vorgesetzten. Wie immer klingelte es zweimal, dann meldete sich eine männliche Stimme.

„Ja?"

„Sir, ich habe die gewünschten Informationen: Dixa ist nicht hier. Er scheint sich noch in Fantasia zu befinden", berichtete Chengi.

„Gut, das macht die Sache um einiges einfacher", freute sich der Mann am anderen Ende der Leitung.

„Unsere neuen Freunde werden uns mit Sicherheit hinführen können. Gute Arbeit, Chengi. Ihr Auftrag ist erfüllt. Kommen Sie zurück."

„Ja, Sir."

Die Verbindung wurde getrennt.

Chengi stieg in seinen Wagen und fuhr in die dunkle Nacht hinaus.

KAPITEL 4

Nichts Böses sehen

In einem Dorf, irgendwo in Japan

Es war ein sonniger Frühlingstag, als ein Junge an der Seite eines alten Mannes die belebte Dorfstraße entlang ging. Obwohl die Sonne gerade erst aufgegangen war, waren bereits viele Menschen unterwegs. Ab und an blieb einer stehen und sah dem ungleichen Paar nach. Es war nicht so sehr der Umstand, dass der eine erst zwanzig und der andere mindestens sechzig Jahre älter war, der die Aufmerksamkeit der Menschen weckte. Womit sie die Blicke auf sich zogen, war die Art, in der sie sich gekleidet hatten.

Der Junge trug einen modischen Kurzhaarschnitt und die traditionelle

Kleidung eines Samurais: Ein kurzes weißes Kimono und eine schwarze Hose, darüber eine dunkle Weste, dazu braune Schuhe und ein lose umgebundenes Obi. Der alte Mann hingegen trug das feuerrote Gewand eines chinesischen Hofbeamten zu den Zeiten, als das Reich noch von einem Kaiser regiert wurde. Sein Haar war schulterlang und vollkommen weiß. Beim Gehen stützte er sich auf einen langen Stab. Die Haltung war leicht gebeugt, seine Schritte langsam und bedächtig.

Das Außergewöhnlichste war jedoch ein Schwert, das der Junge an seiner Hüfte trug. Es war ein Katana, wie ihn speziell die Samurai im Alten Japan verwendeten. Die Waffe steckte in einer glänzend schwarzen Scheide. Der Junge trug jene mit großem Selbstbewusstsein. Ihm war bewusst, dass die Zeiten der Samurai schon lange vorüber waren, aber es erfüllte ihn mit Stolz, dass er ein Nachfahre dieser großen Krieger war. Seine Eltern verstarben früh, er war als Waise aufgewachsen. Nachdem er einige Jahre in Heimen verbracht hatte, wurde er von einem Mann namens Song Yiwen aufgezogen. Er nannte den alten Mann respektvoll Meister Song. Für den Jungen wurde er dessen Mentor, Beschützer und seine einzige Familie.

Trotz seines hohen Alters beherrschte Meister Song den Umgang mit Schwertern wie kein anderer. Er gab sein gesamtes Wissen über Schwertkämpfe an den Jungen weiter und war gebildet, was die Schriften des Altertums anging. So lehrte er den Schützling nicht nur in Kendo, sondern weihte ihn auch in die Philosophie des Konfuzius ein.

Sechs Tage zuvor:

Eines Tages, es war kurz nach dem zwanzigsten Geburtstag des Buben, bestellte ihn Meister Song in die Trainingshalle. Als der Junge ankam, saß der alte Mann mit gekreuzten Beinen auf dem Boden. Auf seinem Schoß lag ein Schwert.

„Du hast in den letzten Jahren erstaunliche Fortschritte gemacht", begann er zu erzählen.

„Da ich dir noch nichts zu deinem Geburtstag geschenkt habe, möchte ich dir das hier geben: dein erstes eigenes Schwert. Nimm' es, du hast es dir verdient."

Der Junge kniete nieder, verbeugte sich tief und ließ sich das Schwert in seine ausgestreckten Hände legen. Eine ganze

Weile verharrte er in dieser Position, bevor er sich wieder aufrichtete.

„Das Schwert gehört dir", sagte Meister Song.

„Du darfst es dir jetzt ansehen."

Behutsam zog der Junge das Schwert aus seiner Scheide. Es war ein Katana von einer mittleren Länge. Es hatte ein verhältnismäßig geringes Gewicht, so dass sein Benutzer es mit einer Hand halten konnte. Es war sehr gut ausbalanciert, und die schmale Klinge glänzte im Licht.

„Es ist wunderschön."

Der Knabe verbeugte sich vor seinem Lehrer.

„Ich danke euch vielmals."

„Nun, da du ein echter Samurai bist, solltest du dich immer an meine Worte erinnern."

„Ein Samurai verwendet sein Schwert, um die Herzen seiner Feinde aus ihrer Brust zu schneiden, und nicht um es gegen das Volk zu richten", wiederholte der Junge und ließ das die Waffe in die Scheide zurückfahren.

„Du hast deine Lektionen gelernt", sagte Meister Song.

„Du solltest sie niemals vergessen."

„Das werde ich nicht, Meister!" Gerade als der Junge gehen wollte, wurde er von Song zurückgerufen.

„Ich habe noch etwas für dich", fügte er an.

„Ich musste deinen Eltern versprechen, dass ich es dir erst gebe, wenn du zwanzig geworden bist."

Der Junge drehte sich um.

„Ihr kanntet meine Eltern?", fragte er überrascht.

„Nur flüchtig."

Umständlich kramte er einen Schlüssel aus seiner Tasche.

„Sie kamen zu mir, kurz bevor sie auf eine letzte Reise gingen. Ich weiß nicht, was sie vorhatten, aber sie schienen zu wissen, dass es gefährlich werden würde, und dass sogar ihr Leben auf dem Spiel stand. Sie suchten mich auf und baten mich, dir diesen Schlüssel zu überreichen, wenn die Zeit gekommen ist. Nun ist es soweit."

Der alte Mann gab ihn ihm, bemerkte aber gleichzeitig, dass sich die Miene des Jungen verfinsterte.

„Was ist los? Freust du dich nicht?"

„Ich verstehe da etwas nicht", wandte der Junge ein.

„Sagtet ihr nicht, dass die Familie das Heiligste wäre? Warum ist meine Familie dann ohne mich weggegangen? Weshalb haben mich meine Eltern in Stich gelassen?"

„Du solltest nicht voreilig über andere urteilen", antwortete der Meister.

Seine Stimme klang streng, aber wohlwollend.

„Deine Eltern waren noble und ehrenwerte Leute. Sie waren die Nachkommen der Samurai. Sie haben es sich zur Aufgabe gemacht, gegen die Yakuza zu kämpfen. Dafür haben sie sogar ihr Leben aufs Spiel gesetzt. Aber dich wollten sie nicht in Gefahr bringen. Und so blieb ihnen nichts anderes übrig, als dich zurückzulassen."

„Also haben sie es getan, um mich zu schützen?"

„Ja, so ist es."

„Dann muss ich mich entschuldigen", gestand der Bub ein.

„Ich habe mich von meinen Emotionen hinreißen lassen."

Er betrachtete den Schlüssel in seiner Hand. Er hatte eine sonderbare Form.

„Was öffnet man damit?"

„Das kann ich dir leider nicht genau sagen", antwortete Meister Song.

„Ich nehme an, dass er zu einem Familiengrab gehört. Vielleicht liegt der Schatz dort versteckt."

„Aber würden wir uns dann nicht des Grabraubs schuldig machen?"

„Es wäre Grabraub, wenn ein anderer dort eindringen würde. Aber du hast die ausdrückliche Erlaubnis deiner Eltern. Du bist der rechtmäßige Besitzer der Hinterlassenschaft."

Der Junge schien durch die Antwort befriedigt zu sein.

„Also, wann sollen wir aufbrechen?"

„Wir müssen Vorbereitungen treffen. Ich schlage vor, dass wir in einer Woche losmarschieren."

„Dann werde ich jetzt damit anfangen", beschloss der Junge.

Er verbeugte sich nochmals und verließ dann den Trainingsraum."

Gegenwart:

Und so machten sich der Bub und sein Lehrmeister auf den Weg. Tagsüber wanderten sie, nachts nahmen sie sich ein Zimmer in einer Taverne oder übernachteten auch unter freiem Himmel. Der Schützling genoss die Wanderung. Er konnte sich förmlich vorstellen, wie sich seine Vorfahren gefühlt haben müssen, als sie in einem geheimen Auftrag unterwegs waren.

Am Morgen des vierten Tages erreichten sie schließlich den kleinen Friedhof. Vielleicht war es nur die Einbildung eines Jungen, doch er fand die Ruhe dort fast bedrückend. Er hatte sogar den Eindruck, als hätte die Welt aufgehört, sich zu drehen. Er stellte fest, dass er sich plötzlich Gedanken über seine eigene Vergänglichkeit machte.

Vor einer großen Krypta blieb Meister schließlich Song stehen. Er war aus dunklem Stein gehauen. Auf der Frontseite waren einige Inschriften zu erkennen, leider aber durch den Lauf der Zeit mittlerweile ziemlich unleserlich.

„Ich glaube, das hier ist es", flüsterte der Meister leise.

Andächtig blieben sie ein paar Minuten stehen, und Kenshi sprach ein stilles Gebet. Dann steckte er den Schlüssel in die kleine Holztür, und tatsächlich ließ sie sich öffnen. Sofort schlugen den beiden ein kühler Windstoß und ein modriger Geruch entgegen. Der alte Mann reichte dem Jungen eine Taschenlampe, dann traten sie vorsichtig ein.

Die Krypta war aufgeteilt in mehrere Räume. Der größte beherbergte einen steinernen Sarg in der Mitte. Nachdem sie erneut einen Moment lang inne gehalten hatten, fragte Meister Song:

„Bist du bereit?"

Sein Schützling nickte und versuchte, die Steinplatte zu bewegen, mit der der Sarg abgedeckt worden war, jedoch ohne Erfolg.

„Helft mir, Meister Song", bat er.

„Es ist zu schwer für mich allein."

Zuerst schien es, als würde sich nichts bewegen, auch als der alte Meister mit anpackte. Doch dann hatten sie Erfolg. Stück für Stück schoben sie die massive Platte beiseite. Im Inneren befand sich ein Skelett, über seiner Brust lag ein altes, verrostetes Schwert. Es war in einem schäbigen Zustand. Ansonsten war der Sarg leer.

„Soll etwa dieses Schwert das Geschenk sein?"

Gerade als sich der Junge abwenden wollte, sah er etwas Merkwürdiges. Das Skelett begann grün aufzuleuchten, zuerst ganz schwach und fast nicht zu erkennen, aber es wurde immer heller, bis es direkt blendete.

„Was ist das, Meister?", fragte der Junge panisch. Doch als er sich seinem Lehrer zuwandte, sah er etwas, das noch erschreckender war. Das grüne Licht umhüllte den alten Mann und ließ ihn jünger werden. Sein weißes Haar wurde wieder schwarz, sein gebeugter Körper richtete sich auf. Doch das, was am meisten verstörte, waren seine Augen.

Es waren die Augen eines Dämons.

Das Licht war unerträglich hell geworden. Es schien sich direkt durch die Augen des Jungen in sein Gehirn zu brennen. Er versuchte in einem letzten Akt der Verzweiflung, seine schmerzenden Augen zu schützen, indem er sie mit den Armen verdeckte. Doch es war zu spät.

Der Junge stieß einen letzten, langen Schrei aus.

Der Mann mit dem roten Kampfanzug setzte sich mit einem Ruck auf. Sein Herz raste, und sein Atem ging schwer. Er benötigte eine ganze Weile, bis er sich wieder daran erinnerte, wo er war.

Er war nicht mehr in seiner Heimat Japan. Er war nicht einmal im Erdenreich, sondern irgendwo im Ödland von Fantasia, wo er sich an einer geschützten Stelle zum Schlafen gelegt hatte.

Obwohl die traumatischen Ereignisse mehr als zehn Jahre zurücklagen, kehrten sie regelmäßig in seinen Träumen wieder. Und immer noch ließen sie ihn schreiend aufwachen.

Es war fast ein Wunder gewesen, dass er damals von der Krypta entkommen war. Er war in dem hellen Licht ohnmächtig geworden. Als er wieder zu sich gekommen war, befand er sich in der Krypta gefangen. Der Mann, der sich Song Yiwen genannt hatte, war verschwunden, und mit ihm das Schwert, das er bei sich trug. Was ihm aber am meisten Sorgen machte, war die Tatsache, dass er nicht mehr sehen konnte, und seine Augen schmerzten, als hätte jemand glühende Nadeln in sie gesteckt. Das Öffnen des Sarges hatte ihm das Augenlicht gekostet.

Nachdem er sich ein wenig erholt hatte, stand er auf und versuchte, sich mit der neuen Situation zu Recht zu finden. Schritt für Schritt tastete er sich vorwärts und machte dabei eine erstaunliche Entdeckung: Zwar war er erblindet, doch dafür vermochte er nun auch die leisesten Geräusche zu vernehmen. Und nicht nur das, sie schienen für ihn so klar und deutlich abgestuft, dass er dadurch den Raum erkennen konnte, in dem er gefangen war. Er begriff erst nach einigen Minuten, dass er nun über so etwas wie ein Sonar verfügte. Mit dieser neuen Fähigkeit schaffte er es schließlich, aus der Krypta zu entkommen.

Die folgende Zeit verwendete er darauf, alles über den Mann herauszufinden, der ihn betrogen hatte. Er ließ sich ein neues Schwert schmieden und verfeinerte seine Kampftechnik. Er legte den bürgerlichen Namen ab und nannte sich fortan Kenshi, was so viel wie „Schwertkämpfer" bedeutete. Nach mehreren Jahren stieß er zufällig auf die OIA. Er lernte die Gründer, Julia Münch und Jackson Briggs kennen. Durch sie erfuhr er, dass der von ihm gesuchte Mann ein Magier namens Master Hugo war, der ihn dazu benutzt hatte, um an die Seelen seiner Vorfahren zu gelangen. Kenshi beschloss, sich Felix und Julia anzuschließen. Dadurch erhoffte er sich, dem eigenen Ziel, nämlich sich an Master Hugo zu rächen, ein Stück näher zu kommen.

Als einer der OIA-Mitarbeiter in Fantasia verschollen war, sah er seine Chance gekommen, den Hexer, der in das lebensfeindliche Reich geflohen war, zu stellen. Er meldete sich freiwillig für die Suche nach seinem Kollegen. Endlich würde er die Chance bekommen, Master Hugo zu töten. Er war diesem Ziel noch nie so nahe.

6.00 Uhr, OIA-Hauptquartier, Washington D.C.:

Julia Münch saß neben ihrem Kollegen Felix in einem großen Büro und versuchte, ihrer Müdigkeit Herr zu werden. Um fünf Uhr morgens hatte sie dessen Anruf erreicht. Sofort hatte sie eine Vorahnung gehabt, dass es keine gute Nachricht war, die sie da erwartete. Und jetzt, eine Stunde später, befand sie sich gemeinsam mit Felix hier und mussten Rechenschaft ablegen.

Ihr gegenüber saß, hinter einem edlen Schreibtisch aus Mahagoniholz, ein Mann von Ende fünfzig. Er trug eine tadellos saubere Militäruniform. Vier goldene Sterne auf jedem seiner Schulterstreifen zeichneten dessen Rang aus. Auf dem Schreibtisch stand ein kleines schwarzes Namensschild mit der weißen Aufschrift: „General Florian Baker". Seine finstere Miene machte jedem unmissverständlich klar, dass er durch den jüngsten Vorfall nicht gerade bei bester Laune war.

Felix fühlte sich sichtlich unwohl und begann, auf seinem Stuhl herumzurutschen, um eine angenehmere Position zu finden. Das trug nicht zur Verbesserung der Stimmung des Generals bei.

„Haben Sie Hämorriden, Major?", fragte er mit betonter Strenge, so dass Julia sich auf die Lippen beißen musste, um nicht laut loszulachen.

„Nein Sir!", antwortete Felix hastig und richtete seinen Oberkörper auf.

„Und Sie hören gefälligst auf, so zu grinsen, Münch", tadelte der General daraufhin Julia.

„Das hier ist nicht lustig!"

„Ja Sir"

Julia und stand ebenfalls auf.

„Herrgott!", rief General Baker, als ob er kleine Kinder tadelte.

„Sitzen Sie gefälligst bequem!"

Nachdem die zwei OIA-Agenten eine weder zu lasche noch zu steife Haltung eingenommen hatten, fuhr der General mit seinem Hauptanliegen fort.

„Ich fasse jetzt mal die Ereignisse der letzten 48 Stunden zusammen: Unser neues Hauptquartier in Alaska wurde in die Luft gesprengt, wobei zehn unserer Leute ihre Leben verloren, und eine weitere Mitarbeiterin wurde direkt vor unserer Nase in diesem Gebäude erschossen. Könnten sie mir vielleicht erklären, wie es so weit kommen konnte?"

„Wir haben den Verdacht, dass es der Klan des schwarzen Drachen war."

Julia strich sich durch Haare.

„Nur einen Verdacht?", wollte der General wissen.

„Wir haben noch keine handfesten Beweise, aber die Hinweise sind ziemlich eindeutig, und wir arbeiten noch daran."

„Soll ich ihnen verraten, weshalb ich so angefressen bin?", holte General Baker weiter aus und teilte den beiden den Grund mit.

„Ich bin so sauer, weil wir von Spionen infiltriert wurden, ohne dass wir es gemerkt haben."

„Was meinen Sie damit, Sir?"

„Tun Sie nicht so, als wüssten Sie nicht, wovon ich rede", erwiderte der General.

„Diese Agentur wurde gegründet, speziell um Syndikate wie den Klan des schwarzen Drachen zu bekämpfen. Die letzten Jahre haben wir damit verbracht, alles über die Mitglieder in Erfahrung zu bringen. Wie konnten sie uns also ohne weiteres unterwandern?"

„Was sollen wir jetzt tun?" Julia wirkte ratlos.

„Muss ich Ihnen das wirklich noch sagen? Überprüft nochmal die neuesten Zugänge, und macht Agent Chengi ausfindig. Er war als letztes in der Datenbank, und jetzt ist er verschwunden und nicht mehr zu erreichen."

„Meinen Sie, er war es?"

„Das weiß ich nicht", antwortete der General.

„Aber es macht ihn schon mal verdächtig. Also finden Sie ihn!"

„Ja, Sir!", sagten Julia und Felix einstimmig.

„Ich habe Gemini um Hilfe gebeten. Sie wird in Kürze hier sein."

„Ich dachte, dass Gemini die Army verlassen wollte", erwiderte Felix überrascht.

„Ja, das hat sie auch getan. Sie arbeitet jetzt für eine Privatfirma", erläuterte General Baker.

„Allerdings hat sie uns angesichts unserer derzeitigen Situation ihre Unterstützung angeboten. Haben Sie noch Fragen?"

„Nein, Sir"

„Gut, dann gehen Sie zurück an die Arbeit!", befahl der General.

Gerade als Felix und Julia das Büro verlassen wollten, rief Baker sie nochmals zurück.

„Lieutenant Münch, ich würde Sie gerne kurz unter vier Augen sprechen."

„Natürlich, Sir."

„Ich werde dann draußen warten", flüsterte Felix ihr zu, bevor er hinausging.

Als sie alleine waren, stand der General von seinem Platz auf und lief zu ihr.

„Eigentlich habe ich Sie aus einem erfreulicheren Grund hergerufen. Es wurde einstimmig beschlossen, sie zum Captain zu befördern. Sie haben ihren Job im Kampf gegen den schwarzen Drachen gut gemacht. Mitglieder wie

Jarek wären ohne Ihre Bemühungen davongekommen."

Mit diesen Worten holte er zwei goldene Sterne hervor und heftete je einen an Julias Schulterstreifen.

„Ich gratuliere ihnen, Captain!"

„Danke, Sir!", salutierte Julia, General Baker erwiderte den Gruß, bevor er sie aus dem Zimmer begleitete.

Felix schritt indessen etwas ungeduldig im Flur auf und ab, als Julia zu ihm stieß.

„Ich habe gerade die Nachricht erhalten, dass Gemini gerade ankommen ist", verriet er ihr.

„Lass uns zu ihr gehen."

„Also, wer ist diese Gemini überhaupt?",
erkundigte sich Julia

„Sie ist die beste Programmiererin, die
ich je getroffen habe, und sie ist die
Hübscheste. Wir haben vor ein paar
Jahren zusammen gearbeitet, als wir
zum ersten Mal gegen Dixas Bande
ermittelt haben."

„Du scheinst ja ziemlich viel von ihr zu
halten"

„Aber was hat es mit ihrem Namen auf
sich? Gemini klingt ziemlich seltsam für
eine Frau."

„Ja, vielleicht hast du Recht, aber es hat
seinen Grund, du wirst es schon sehen."

Kurz darauf fügte er hinzu: „Übrigens,
Glückwunsch zu deiner Beförderung."

„Du hast schon davon gewusst?“

„Hey, immerhin kümmere ich mich um meine Mitarbeiter, weißt du?“

In der Eingangshalle wartete eine Frau auf die zwei.

Sie hatte schulterlanges, kastanienbraunes Haar, das ihr schmales Gesicht umrahmte. Außerdem hatte sie einen auffällig breiten Mund. Sie war sehr männlich gekleidet, in einem dunklen Kostüm, einem weißen Hemd und einer weinroten Krawatte.

„Mein Name ist Gemini“, begrüßte sie Julia, wobei sie Felix völlig zu ignorieren schien.

„Es freut mich sehr, sie kennenzulernen.“

Als Julia ihr die Hand geben wollte, erlebte sie eine Überraschung: Statt Geminis Hand zu berühren, griff sie ins Leere, als ob Gemini aus reiner Luft bestehen würde. Während sich die neue Kapitänin noch wunderte, tauchte eine zweite, exakt gleich aussehende Frau auf.

„Verzeihen Sie mir, aber ich konnte einfach nicht widerstehen, diesen kleinen Trick vorzuführen. Ich bin Gemini", sagte sie erneut und gab Julia die Hand.

Diesmal gab es keine Überraschung.

„Und wer ist das?", fragte Julia verwirrt und deutete auf das Hologramm, das noch immer an derselben Stelle stand.

„Nun, das ist mein holographisches Ebenbild und der Grund für meinen Namen", erklärte Gemini.

„Sie unterstützt mich außerdem bei meinen Arbeiten."

Sie hob ihre Stimme etwas und sagte:

„Standby-Modus", woraufhin das Hologramm verschwand.

Schließlich wandte sie sich Felix zu, dem sie bis dahin überhaupt keine Beachtung geschenkt hatte.

„Jackson, es ist schön, dich wiederzusehen."

„Es freut mich auch, dich zu sehen", murmelte Felix. Fast schien es, als wüsste er zum ersten Mal nicht, was er sagen sollte.

„Sollen wir uns an die Arbeit machen?" Gemini konnte es kaum erwarten.

„Ich hörte, dass ihr einige Dateien wiederherstellen wolltet."

„Das ist richtig. Komm' mit, wir werden es dir erklären"

Zusammen betraten sie den Rechnerraum im Keller der Einrichtung. Noch immer waren einige Agenten mit der Sicherstellung der Spuren beschäftigt. Der Computer, an dem Lisa Seeland vor ihrem Tod gearbeitet hatte, war in den Nebenraum gebracht worden. Gemini schaltete ihn ein und starrte schweigend auf den Bildschirm.
„Hmm, das ist überhaupt nicht gut", sagte sie nach einer ganzen Weile.

„Wer auch immer hier dran war, wusste, was er tat."

„Was meinst du damit?", unterbrach sie Felix.

„Er hat ein Programm benutzt, das die Festplatte ungefähr zwanzigmal überschreibt."

„Kannst du denn gar nichts machen?"

„Nicht viel, ich kann nur nach übrig gebliebenen Fragmenten suchen und sie sicherstellen. Aber das wird eine Weile dauern, also sei' ein guter Junge und gedulde dich."

Wieder hob sie die Stimme etwas und rief mitten in den Raum:

„Sicht-Modus!"

Innerhalb des Bruchteils einer Sekunde erschien Geminis Ebenbild.

Erstaunlicherweise saß sie genauso wie ihr reales Vorbild auf einem Stuhl.

„Was kann ich für dich tun?"

„Scan die Festplatte und versuch', so viele Daten wie möglich wiederherzustellen", schaffte Gemini dem Spiegelwesen an.

„Aufgabe in Bearbeitung", bestätigte das Hologramm.

Fasziniert sah Julia zu, wie Gemini und ihr holographisches Ebenbild perfekt synchronisiert ihre Arbeit verrichteten. Es war beinahe so, als teilten sie sich ein Bewusstsein. Und nun verstand Julia auch ihren Namen, Gemini, Zwillinge.

Julias Handy klingelte. Sie ging in den Nebenraum, wo sie ungestört telefonieren konnte. Es war nur eine kurze Unterhaltung, aber es schien, als habe sie gute Nachrichten erhalten, denn zum ersten Mal, seitdem Felix sie an ihrem Urlaubsort aufgesucht hatte, lächelte sie wieder ein wenig. Gemeinsam verließen sie das Gebäude, um den Flug nach Hong Kong zu nehmen.

„Es scheint, als gebe es zwei Überlebende bei dem Anschlag", freute sich Julia.

„Es wurde ein Protokoll gefunden, wonach die Agenten Cyrax und Kenshi zum Zeitpunkt der Explosion in Fantasia waren.

„Das sind nicht unbedingt gute Nachrichten", erwiderte Felix.

„Denn das würde bedeuten, dass sie nun in Fantasia festsitzen, ohne zurückkehren zu können."

„Warum musst du einem immer die Freude verderben?"

So ungern sie es auch zugab, aber ihr Partner hatte nicht ganz Unrecht. Fantasia war ein lebensfeindlicher Ort, an dem man keine Minute länger als nötig bleiben wollte.

„Entschuldigung, Julia, ich bin eben ein Realist."

KAPITEL 5

Die Zusammenkunft

Hong Kong

Der Vollmond schien durch die Wolken, die den Himmel wie einen dünnen Schleier überzogen. Das Licht spiegelte sich auf dem Wasser, das in leichten Wellen gegen die steinerne Ufermauer brandete. Ein Wind wehte, der zwar nicht kalt war, aber doch kühl genug, dass sich Julia ihre Jacke anzog. Während sie neben Felix den Uferweg entlang ging, verflog langsam ihre Müdigkeit. Eigentlich hatte sie vor, auf dem Flug zwischen Washington und Hong Kong schlafen. Aber Felix wollte unbedingt, dass sie sich den Film ansah, den sie im Flugzeug zeigten. Schließlich gab Julia nach.

Überrascht stellte sie daraufhin fest, dass es einer der Filme aus der Marc-Sobeck-Reihe war. Die Titelrolle wurde von niemand anderem als Johnny Lucas gespielt. In „Das Jahr der Schlange", so der Titel des Films, untersuchte der Privatdetektiv einen Fall, in den die Triaden verwickelt waren. Am Ende der Geschichte rettete Sobeck wieder einmal die Welt, und nebenbei auch noch eine junge Frau, die sich so dumm verhalten hatte, dass sich Julia darüber wunderte, wie sie überhaupt hatte überleben können.

Das war eines der Hauptgründe, warum Julia diese Filme hasste. Sie waren ihrer Meinung nach eine einzige Ansammlung von Klischees. Gegen Johnny persönlich hatte sie nichts. Im Gegenteil, sie hatten sogar eine kurze Affäre miteinander. Nur wenige wussten davon, und einer von ihnen war Felix. Vielleicht wollte er deshalb, dass sie sich den Film ansah.

„Sind wir hier überhaupt richtig?"

Felix war stehen geblieben und sah sich nach einem Anhaltspunkt um.

„Warum fragst du mich das?", erwiderte Julia.

„Du bist doch derjenige, der einen GPS-Empfänger mit sich herumträgt."

„Nun ja, laut dem Gerät hier sind wir an den Koordinaten, die Aaron hier angegeben hat. Aber ich würde mich besser fühlen, wenn er so etwas wie eine Adresse angegeben hätte."

„Und wie hättest du das hier genannt? Vielleicht ‚Hafenweg links vom Meer'?"

„Schon gut, es war ja nur so ein Gedanke", sagte Felix.

„Wieso bist du so mies gelaunt?"

„Entschuldigung Felix. Das muss der Schlafmangel sein. Aber falls du dich dadurch besser fühlst: Ja, wir sind hier richtig. Ich erkenne diese Gegend wieder. Von hier aus sind Louis Kim, Johnny und ich vor zehn Jahren zu unserem ersten Kampfturnier aufgebrochen."

Felix blickte sich nochmals um. In der Tat standen sie an den Überresten eines alten Hafens. Aber dem Anschein nach musste er vor Jahrhunderten zum letzten Mal in Betrieb gewesen sein. Alles wirkte verlassen und herunter gekommen.

„Ich schätze, wir sind die ersten hier. Uns bleibt wohl nichts anderes, als zu warten", stellte Julia fest.

Ein paar Minuten später ertönte das Rattern von Rotorblättern. Zunächst war es ganz leise und vor dem Plätschern des Wassers kaum zu hören. Dann wurde es immer lauter, und als Julia und Felix in die Richtung blickten, aus der das Geräusch kam, sahen sie ein helles Licht, das sich ihnen vom Meer aus näherte.

„Wer wohl in dem Hubschrauber sitzt?", dachte Felix laut, aber seine Stimme verriet, dass er die Antwort bereits kannte.

„Ja, das ist er, unser Hollywood-Star", freute sich Julia.

„Wie man sieht, fehlt es ihm nicht gerade an Allüren."

Der Hubschrauber wendete, so dass es sich parallel zum Ufer befand. Die Tür öffnete sich, und ein Mann in einem schwarzen Anzug sprang heraus. Dazu trug er ein weißes Hemd und eine Fliege. Als er draußen war, gab er dem Piloten ein Zeichen, worauf der Hubschrauber abdrehte und wieder davonflog.

„Hallo Leute!", rief Johnny mit einem breiten Grinsen im Gesicht.

„Wo sind denn meine ganzen Fans?"

„Tut uns schrecklich leid, Lucas", lachte Felix.

„Aber wie es aussieht, muss du mit uns Vorlieb nehmen."

„Ich habe überhaupt kein Problem damit", erwiderte Johnny Lucas und wandte sich dann an die blonde OIA-Agentin.

„Hey Julia, du siehst großartig aus. Deine Frisur gefällt mir, sie passt wunderbar zu deiner Jacke."

„Okay, das reicht jetzt, Johnny. Du musst dich nicht bei mir einschleimen. Wir haben schon miteinander geschlafen."

„Ja richtig. Ich habe mir nur gedacht, dass wir das wiederholen könnten."

„Aaron hat uns zusammengerufen, was wahrscheinlich bedeutet, dass wir wieder einmal die Welt retten müssen. Und sogar in einer solchen Situation kannst du nur an das eine denken?"

„Ja", antwortete Johnny.

„Warten wir erst einmal ab, wohin uns die Sache heute Abend führt", antwortete Julia.

„Wenn wir mit der Sache schnell fertig werden, könnten wir weitersehen."

„Ist das ein Angebot?", scherzte Johnny.

„Lass' dich doch überraschen. Ich wusste übrigens gar nicht, dass du einen Hubschrauber mitsamt Piloten besitzt."

„Tu' ich nicht. Ich habe hier nur einen Bekannten, der fliegen kann und der hat mir noch einen Gefallen geschuldet."

„Hey, ich störe euch ja nur ungern bei eurem Geplänkel", meldete sich Felix aus dem Hintergrund.

„Aber es kommen bereits die Nächsten."

Als sie zu ihm hinüber schauten, zeigte er mit einem ausgestreckten Arm hinaus aufs offene Meer. Sie folgten dem Fingerzeig und erblickten auf dem Wasser ein durchsichtiges Boot, in dem zwei Personen saßen. Obwohl nur eine der beiden ruderte, bewegte es sich äußerst schnell vorwärts.

„Wow, man bekommt nicht jeden Tag ein Boot aus Glas zu sehen", stellte Johnny fest.

„Ich glaube nicht, dass das Boot aus Glas besteht", erwiderte Julia.

„Aber ich stimme dir zu, dass es außergewöhnlich ist."

Nach einer Weile fügte sie missmutig hinzu:

„Offensichtlich hat Großmeister Ben die Frostbeule mitgebracht."

„Welche Frostbeule?", fragte Johnny neugierig.

„Ihr Name ist eigentlich Frost. Sie ist ein neues Mitglied der Lin Kuei und Bens persönliche Schülerin und eine arrogante Zicke."

„Du scheinst sie ja wirklich gern zu haben."

Johnny wurde ironisch.

„Vielleicht sollte ich sie mal kennen lernen. Sieht sie gut aus?"

„Du willst sie nicht kennen lernen. Glaub' mir, Johnny, denn ich habe bereits die unerfreuliche Erfahrung gemacht."

Wenige Minuten später kam das Boot am Ufer an. Ben und Frost gingen an Land. Der Großmeister ließ als erstes das Boot schmelzen, indem er es einfach absorbierte. Danach begrüßte er die Anwesenden mit einer respektvollen Verbeugung, und Frost folgte seinem Beispiel. Ben war seit ihrer letzten Begegnung merklich älter geworden. Sein Haar war von weißen Strähnen durchzogen, und in seinem Gesicht hatten sich tiefe Furchen gebildet. Was dessen Schülerin betraf, stellte Johnny fest, sie war von einer strengen und kühlen Schönheit.

„Sind Sie die ganze Strecke alleine gerudert, Großmeister?", wollte Julia wissen.

„Das ist aber eine ziemliche Leistung."

Anstelle von Ben antwortete Frost:

„Nein, Lieutenant, wir haben uns abgewechselt", sagte sie, und in ihrer Stimme klang ganz eindeutig Feindseligkeit mit.

„Es wäre eine zu große Anstrengung gewesen, die Strecke alleine zu bewältigen. Außerdem musste Großmeister Ben ein paar Mal das Eis erneuern."

„Danke, dass Sie mich informiert haben, Frost", entgegnete ihr Julia mit einem humorlosen Lächeln.

„Und übrigens, ich bin jetzt Captain."

„Ich gratuliere, Captain."

Frost wandte sich ab, und damit war die Unterhaltung zwischen ihnen beendet.

Es vergingen ein paar weitere Minuten, als ein Taxi in ihrer Nähe anhielt. Aus dem Wagen stieg Miguel. Er war in seinem zeremoniellen Kampfanzug gekleidet, bestehend aus einer dunklen, ärmellosen Weste und einer blauen Hose. Auch den Hut mit der breiten Krempe hatte er dabei. Sofort wurde er von seinen Freunden empfangen.

„Ist Louis Kim nicht mit dir gekommen?", erkundigte sich Johnny.

„Nein", antwortete Miguel.

„Ich habe ihn selbst seit einiger Zeit nicht mehr gesehen, seitdem ich in eine andere Stadt gezogen bin."

In dem Augenblick sahen sie zwei Gestalten, die nebeneinander der Straße entlangliefen. Der eine war Aaron, der Gott des Donners, wie immer in einem weißen Kostüm mit blauem Überwurf gekleidet. Neben ihm lief Louis Kim, Nachfahre der Shaolin-Mönche. Er trug ein elegantes Hemd, eine schwarze Hose und Stoffschuhe, wie sie in China häufig zu finden waren.

Louis Kim wurde ebenso herzlich empfangen. Als Miguel zuerst seine Hand schüttelte und ihn schließlich umarmte, überkam ihn ein seltsames Gefühl. Es war, als würde Louis Kim eine dunkle Aura umgeben, etwas, das so abgründig war, dass Miguel für ein paar Sekunden spürte, wie es sogar ihn in die

Tiefe zu ziehen versuchte. Doch dann war das beängstigende Gefühl plötzlich verschwunden, nichts schien mehr an Louis Kim auffällig zu sein.

Nachdem sich alle begrüßt hatten, stellten sie sich in einer Reihe nebeneinander auf, während Aaron vor sie trat.

„Meine lieben Freunde", begann er laut und deutlich wie in einer feierlichen Ansprache.

„Es freut mich sehr, dass ihr alle meinem Aufruf gefolgt und hergekommen seid! Ihr sollt wissen, dass ich euch nicht ohne Grund gerufen habe. Euer Reich wird erneut von bösen Mächten bedroht, wir müssen uns erneut verteidigen."

„Entschuldigt, dass ich euch unterbreche", warf Julia ein.

„Wir würden gerne den genauen Grund erfahren, weshalb wir hier sind."

„Das werdet ihr auch", meinte Aaron.

„Aber dies ist nicht der richtige Ort, um solche Angelegenheiten zu besprechen. Ich schlage also vor, dass wir zur verborgenen Insel fahren."

„Ist das wirklich eine gute Idee?" Julia wurde unruhig.

„Ich meine, gehört die Insel nicht Master Hugo? Oder Namor?"

„Nein, die Insel gehört niemandem", sagte Aaron.

„Sie liegt zwischen den Reichen. Auf ihr gilt Neutralität, was aber nicht bedeutet, dass Master Hugo sie nicht auch für seine eigenen Zwecke missbrauchen kann. Seid jedoch unbesorgt, im Moment erwartet uns dort keine Gefahr."

„Und wie sollen wir dorthin gelangen?", fragte Johnny.

„Ganz einfach: so, wie ihr auch zu eurem ersten Turnier gefahren seid", antwortete Aaron.

Bevor jemand eine weitere Frage stellen konnte, wandte sich Aaron dem Meer zu und begann, eine geheimnisvolle Beschwörungsformel aufzusagen. Während er seine Stimme immer lauter werden ließ, hob er die Hände in einer theatralischen Geste gen Himmel.

Plötzlich begann sich das Wasser zu bewegen, Blasen entstanden auf der Oberfläche. Langsam stieg etwas aus der Tiefe des Meeresgrunds empor. Zuerst waren nur die Masten zu sehen, und allmählich kam ein riesiges Schiff mit weißen Segeln zum Vorschein. Am vorderen Ende trug es ein großes Emblem mit dem Wahrzeichen des Turniers: Der stilisierte Kopf eines Drachens in einem Kreis. Sein rotes Auge war schmal und strahlte Bedrohlichkeit aus, aus seinem aufgesperrten Maul kam eine lange Zunge mit gespaltener Spitze. Jene unter den Anwesenden, die am offiziellen Kampfturnier teilgenommen hatten, erkannten es sofort wieder: Es war dasselbe Schiff, das sie damals zum Wettkampf gebracht hatte.

Johnny pfiff leise durch seine Lippen.

„Wow, Meister Yoda ist nichts im Vergleich dazu."

„Meister wer?"

Julia schüttelte den Kopf.

„Na, du weißt schon, ‚Das Imperium schlägt zurück', diese eine Szene, in der Luke Skywalker total erschöpft ist von dem Versuch, den Stein mittels der Macht hochzuheben. Er zweifelt daran, dass das überhaupt möglich sein sollte. Und dann beweist es ihm Meister Yoda, indem er dieses gigantische Raumschiff aus dem Sumpf hebt..."

Johnny unterbrach seine enthusiastische Nacherzählung, als er Julias fragenden Blick bemerkte.

„Du hast keine Ahnung, wovon ich rede, oder?"

„Richtig. Ich stehe nicht auf Science-Fiction.“

„Du hast wirklich noch nie Star Wars gesehen? Nicht ein einziges Mal?“

Johnny war sichtlich verblüfft.

„Dein Leben war sinnlos!“

„Danke Johnny, du weißt wirklich, was ein Mädchen gerne hört“, erwiderte Julia und wandte sich wieder nach vorne, wo die anderen an Bord gingen.

Nach einigen Stunden auf dem offenen Meer erblickten die Gefährten wieder Land am Horizont. Sie näherten sich einer Insel, aus deren Mitte sich ein einzelner Berg erhob. Schließlich legten sie etwas entfernt von der Küste an und fuhren das restliche Stück mit den kleineren Beibooten.

Schließlich ließen sie die Boote an einem weißen Strand zurück und machten sich zu Fuß auf den Weg zum Inneren der Insel. Der Weg führte sie vorbei an Wiesen, wo das Gras bis zur Hüfte reichte, und schlängelte sich schließlich den Berg in Serpentinen empor. Links und rechts des Weges war dichter Dschungel, in dem man sich verirren konnte und nie wieder herauskam.

Nach dem einstündigen Fußmarsch erreichten sie eine große Lichtung, in deren Mitte ein Feuerplatz war. Gemeinsam sammelten sie Holz und türmten es auf. Nachdem das Feuer brannte, ließen sie sich alle rings herum nieder, und Aaron setzte zu einer Ansprache an. Endlich würden die

Gefährten den Grund ihrer Zusammenkunft erfahren.

„Vor vielen Zeitaltern gründeten die Diener der Ältesten Götter in deren Auftrag ein Turnier. Für den Gewinner gab es keinen anderen Preis als das Wissen, dass er das Beste von sich gegeben hat. Für die Verlierer gab es keine andere Demütigung, als das Wissen, dass er versagt hatte. Der Gewinner gelobte, sich auch später die gleiche Mühe zu geben, und der Verlierer gab das Versprechen ab, sich zu bessern. Sie nannten das Turnier ‚Tödlicher Kampf‘, den ‚Kampf der Sterblichen‘. Es ging nicht darum, seinen Gegner zu töten, sondern seinen Respekt vor dem Leben und vor den Ältesten Göttern unter Beweis zu stellen. Doch leider sind jene Tage längst vergangen, und das Turnier wurde zum erbitterten Kampf ums Überleben und um die Herrschaft über die Reiche."

Aaron hielt kurz inne, als wollte er die Wirkung seiner Worte überprüfen.

„Ihr alle wisst, was in den vergangenen Jahren passiert ist", fuhr er schließlich fort.

„Prinzessin Laura hat es geschafft, ihre Mutter aus Namors Bann zu befreien. Seine Versuche, das Erdenreich zu erobern, scheiterten, ebenso wie der Versuch, die Kontrolle über Marciola wieder zu erlangen. Mit anderen Worten, er steht kurz davor, endgültig besiegt zu werden. Doch ein verwundeter Tiger ist am gefährlichsten. Genau in diesem Augenblick trifft er Vorbereitungen für einen letzten Schlag gegen Marciola. Sollte er siegreich aus dieser Schlacht hervorgehen, wäre es auch das Ende für das Erdenreich."

Der Donnergott unterbrach seine Rede erneut, und als er die besorgten Gesichter der Krieger sah, sagte er aufmunternd:

„Aber Prinzessin Laura hat viele tapfere Männer und Frauen in ihrer Armee, die das Reich verteidigen werden. Und Laura ist selbst eine brillante Strategin. Ich bin mir ziemlich sicher, dass Marciola so schnell nicht fallen wird. Das, was mir Sorgen macht, ist etwas anderes."

„Was denn?"

Miguels Interesse war geweckt.

Aaron antwortete nicht sofort, als würde er nach den richtigen Worten suchen.

„Vor ein paar Tagen hat der Rat der ältesten Götter erfahren, dass es jemandem gelungen ist, aus seiner Verbannung in die Fünfte Ebene des niederen Reiches zu entkommen. Bald darauf erfuhren wir auch seine Identität: Es ist der Magier Quan Chi."

„Kann man einfach so aus dem niederen Reich entkommen?", wunderte sich Johnny Lucas.

„Genau da liegt das Problem", gab Aaron zu verstehen.

„Es ist unmöglich, aus dem niederen Reich zu entkommen, zumindest nicht aus eigener Kraft."

„Aber ist es nicht Shinnok ebenfalls gelungen, zu entkommen?", erinnerte sich Julia.

„Könnte er nicht Quan Chi unterstützt haben?"

„Auch Shinnok ist nicht aus eigener Kraft entkommen."

Aaron, der Gott des Donners war bestens informiert.

„Es war ihm gelungen, eine fremde Macht für sich selbst zu nutzen. Und genau dieselbe Macht benutzt jetzt auch Quan Chi. Es ist ein Amulett, das die Götterältesten geschmiedet haben, um das gesamte Universum zu beschützen."

„Wovor zu beschützen?"

„Das braucht euch im Moment nicht zu beschäftigen", merkte Aaron an.

„Wichtig ist im Moment nur, dass Quan Chis Flucht ihn in eine geheime Höhle geführt hat, wo er die auf die Armee des Drachenkönigs stieß."

„Drachenkönig? Hört sich für mich an wie aus einem billigen Videospiel. Wer ist das?", wollte Johnny wissen.

„Sein richtiger Name war Rami. Er war der Herrscher von Fantasia, bevor Namor den Thron bestieg. Es gibt eine Legende, die besagt, dass seine Armee unbesiegbar gewesen wäre. Einige behaupten, dass er nur dank ihr so lange auf dem Thron bleiben konnte."

„Wie hat ihn Namor trotzdem stürzen können?"

„Namor war nicht dumm. Durch jahrelange Loyalität hatte er sich das absolute Vertrauen Ramis verdient. So wusste er als einer der ganz wenigen, dass nicht nur Ramis Macht auf seiner unbesiegbaren Armee beruhte, sondern dass zwischen ihnen eine gegenseitige Abhängigkeit bestand. Worin diese Verbindung zwischen ihm und seiner Armee lag, wussten für lange Zeit nicht einmal die Götterältesten. Es ist nämlich das Herz des Drachenkönigs gewesen, das seiner Armee als Quelle der Lebensenergie diente. Aber so lange seine Armee unterwegs war, konnte sich Rami nicht wehren. Deshalb zog er sich stets für die Zeit einer Schlacht in einen Geheimversteck zurück, das niemand kannte, außer Namor. Er überfiel den Drachenkönig und erstach ihn mit einem vergifteten Schwert. Nach der Tat setzte er sich daran, das Geheimnis der unbesiegbaren Armee zu lüften. Er ist bis heute nicht dahinter gekommen."

„Fürchtet Ihr, dass es Quan Chi gelingen könnte, die Armee wiederzubeleben?", wandte Miguel erneut ein.

„Ja, das ist meine Befürchtung", antwortete Aaron.

„Ich habe erfahren, dass er aus diesem Grund eine Allianz mit einem unserer mächtigsten Feinde geschlossen hat: Master Hugo. Aber vielleicht ist es für uns auch ein Glücksfall, dass Quan Chi mit Namor verfeindet ist, dadurch sind wir etwas im Vorteil."

„Was soll das für ein Vorteil sein, wenn statt Namor Quan Chi das Erdenreich einnehmen möchte?", meldete sich Johnny Lucas zu Wort.

„Das Ergebnis wäre dasselbe."

„Du vergisst dabei eins", erwiderte Aaron.

„Namor wird nicht daneben stehen und tatenlos zusehen, wenn Quan Chi und Master Hugo ihm sein Revier streitig machen. Er wird sich wehren, und wir müssen das zu unserem Vorteil nutzen."

„Warum sind eigentlich alle wie verrückt hinter der Erde her?" fragte Julia. „Dafür muss es doch einen Grund geben."

„Es gibt dafür zwei Gründe", erklärte Aaron.

„Zum einen hat das Erdenreich neben einer intakten Umwelt auch eine gesellschaftliche Stabilität. Dadurch würde Namor die Ressourcen Fantasias bereichern, wenn es ihm gelingen würde, beide Welten zu einer zu verschmelzen. Und der zweite Grund ist, dass das Erdenreich eine besondere Stellung einnimmt: Ihr wisst sicher, dass eure Heimat auch als Mutterreich bekannt ist. Der Name bezieht sich auf die Struktur der Anordnung der Reiche. Sollte es irgendjemandem gelingen, die Erde einzunehmen, wäre es ihm ein Leichtes, auch die anderen Reiche einzunehmen. Deshalb waren die Götterältesten immer darauf bedacht, das Erdenreich zu beschützen. Deshalb habe ich euch auch zusammengerufen."

„Was sollen wir also tun?", fragte Felix.

„Unsere Priorität liegt darin, herauszufinden, was Quan Chi und Master Hugo im Schilde führen. Und wir müssen sie besiegen, bevor es ihnen gelingt, Ramis Armee zum Leben zu erwecken. Aber dafür werden wir noch mehr Verbündete brauchen, also ist unser erster Schritt, diese zu versammeln."

„Was ist mit dem Krieg in Marciola?", sorgte sich Louis Kim.

„Wir werden uns da raushalten."

„Wir tun also gar nichts, um das Volk von Marciola zu unterstützen?"

„Ich sagte doch, dass die Königliche Armee von Marciola im Stande ist, sich zu wehren, oder nicht?", erwiderte Aaron.

„Uns erwarten größere Herausforderungen. Wir können es uns nicht leisten, in diesen Krieg mit hineingezogen zu werden."

„Na schön", sagte Louis Kim. „Wie verhalten wir uns also nun?"

„Wir teilen uns in drei Gruppen auf. Die erste Gruppe kehrt ins Erdenreich zurück. Dort müsst ihr den Navajo-Häuptling Nightwolf aufsuchen. Er wird mit seinem Wissen enorm wichtig für uns sein. Die zweite Gruppe geht nach Fantasia. Dort müsst ihr einen Mann namens Bo' Rai Cho finden. Es könnte sein, dass er sich als wenig kooperativ erweist, denn er hat sich vor langer Zeit entschieden, sein Leben in Einsamkeit zu führen. Lasst euch nicht von seinem Äußeren täuschen, er ist ein großer Meister der Kampfkunst und beherrscht viele Kampfstile."

„Bo' Rai Cho? Ist das nicht der Mann, der dich trainiert hat, Louis Kim?"

„Ja, das ist wahr. Allerdings habe ich ihn seit einer Ewigkeit nicht mehr gesehen. Ich wusste gar nicht, dass er jetzt in Fantasia ist."

„Fantasia ist nun einmal seine Heimat", erklärte Aaron.

„Früher oder später kehren alle wieder dorthin zurück, wo sie zuhause sind. Kommen wir jetzt zu unserer dritten Gruppe. Ihre Aufgabe könnte die gefährlichste sein, denn sie muss ins Auge des Sturms, dorthin, wo ein Krieg heraufzieht: nach Marciola. Dort müsst ihr zwei Personen aufsuchen. Bei der ersten Person handelt es sich um Königin Monique. Sie hat einst Ramis Armee bekämpft und weiß, wo ihre Schwäche liegt. Die zweite Person ist einer der Generäle in der königlichen Armee, sein Name ist Shujinko."

„Sagtet Ihr gerade ‚Shujinko'?"

Ben wirkte etwas überrascht.

„Ja, weshalb fragt Ihr? Kennt Ihr ihn?"

„Laut Aufzeichnungen des Klans gab es einen Mann namens Shujinko, der vom Lin Kuei ausgebildet wurde. Aber das war schon vor vierzig Jahren. Etwas war ungewöhnlich an ihm. Den Aufzeichnungen zufolge verließ er den Klan nach seiner Ausbildung wieder. Zu jener Zeit durfte man nicht austreten. Schon der Versuch wurde mit dem Tode bestraft."

„Vielleicht hatte er einfach nur Glück", vermutete Frost.

„Immerhin bist du auch entkommen."

„Nein, bei ihm war es anders. Er ist nicht einfach nur entkommen", erwiderte Ben.

„Es ist vielmehr so, dass man ihn bereitwillig gehen ließ."

„Auch ich muss zugeben, dass dieser Mann etwas mysteriös ist", sagte Aaron.

„Vor ungefähr zwei Jahren tauchte er plötzlich wie aus dem Nichts in Marciola auf und wurde sofort von Königin Monique zum Ritter geschlagen. Und heute ist er bereits General. Dass er so schnell aufgestiegen ist, gibt mir zu denken. Aber jetzt ist keine Zeit, um lange darüber nachzudenken. Er hat sich lange Zeit mit verschiedenen Artefakten beschäftigt. Wenn jemand Informationen über Shinnoks Amulett besitzt, dann ist er es. Das wäre alles, was im Moment zu sagen wäre. Wir sollten uns jetzt entscheiden, wer wohin geht."

„Hey", rief Miguel und stieß seinen Freund mit dem Ellenbogen an.

„Wollen wir nach Fantasia gehen und deinen ehemaligen Lehrmeister besuchen?"

„Nein!"

Louis Kim wirkte entschlossen.

„Warum nicht?", wunderte sich Miguel ein wenig über Louis Kims Reaktion.

„Ich will ihn jetzt nicht sehen", erwiderte Louis Kim.

„Ist das für dich Grund genug?"

„Ist ja gut, beruhige dich wieder! Es war ja nur ein Vorschlag", lenkte Miguel ein.

Das Verhalten seines Freundes befremdete ihn zwar, doch er entschloss sich, nicht weiter darauf einzugehen.

„Lass uns nach Marciola gehen", sagte Louis Kim nach einer Weile.

„Ich möchte Laura sehen. Ich möchte die Gewissheit haben, dass es ihr gut geht, damit ich meinen Frieden finden kann."

„Warum sagst du so etwas?"

Miguel machte sich immer mehr Sorgen um seinen Freund.

„Hey, wenn ich die Wahl hätte, entweder meine Freundin oder meinen Lehrer zu besuchen, würde ich mich auch für die Freundin entscheiden", scherzte Johnny Lucas.

„Sag' was du willst", entgegnete Louis Kim und wandte sich wieder an Miguel.

„Also, kommst du mit nach Marciola?"

Miguel überlegte kurz und nickte.

„Klar, wie du möchtest."

„Dann gehen Frost und ich nach Fantasia", kündigte Ben an.

„Ist das in Ordnung?"

„Natürlich, Sifu, dein Wunsch sei mir Befehl", gab sich Frost unterwürfig. Aus dem Augenwinkel heraus konnte sie erkennen, wie Julia die Augen verdrehte und sich einen Finger in den Hals steckte.

„Dann bleibt wohl nur noch das Erdenreich übrig", sagte Julia. Sie warf einen kurzen Blick auf den Hollywood-Schauspieler und fügte im Befehlston hinzu:

„Johnny, du kommst mit uns!"

„Jawohl, Madam!", antwortete Johnny und salutierte.

„Also, wenn das nicht Liebe ist", stichelte Felix.

„Schön, damit wäre wohl alles geklärt", freute sich Aaron.

„Wir werden in zwei Stunden aufbrechen. Ihr könnt euch bis dahin noch etwas ausruhen."

Zwei Stunden später löschten die Gefährten das Feuer, nahmen jedoch einige Fackeln mit. Dann machten sie sich wieder auf den Weg. Der verschlungene Pfad führte sie tiefer und tiefer in den Dschungel. Der sternenlose Himmel war absolut dunkel, um es herrschte eine gespenstische Stille. Nicht einmal der Ruf eines Vogels oder das Zirpen einer Zikade war zu hören. Aaron lief voraus. In der linken Hand hielt er eine Fackel, in der rechten seinen langen Wanderstab.

Julia bildete das Schlusslicht der Gruppe. Ben und Frost waren knapp vor ihr. Als die Lin Kuei-Schülerin vorausging, nutzte sie die Gelegenheit, um Ben anzusprechen.

„Großmeister Ben, ich möchte sie um einen Gefallen bitten."

„Was kann ich für sie tun?“, flüsterte Ben.

„Es gab einen Anschlag auf das neue OIA-Hauptquartier“, erklärte ihm Julia.

„Als der Anschlag geschah, befanden sich gerade zwei unserer Agenten in Fantasia. Einer von ihnen ist Cyrax, der andere ist Kenshi, er ist blind, aber ein Virtuose im Umgang mit dem Schwert. Wir glauben, dass sie in Fantasia gestrandet sind und nicht mehr zurückkehren können. Falls Sie sie sehen sollten, könnten Sie sie zurückholen? Mir ist klar, dass die Wahrscheinlichkeit sehr gering ist, dass das geschieht. Ich möchte mir nur später nicht den Vorwurf machen müssen, dass ich nicht alles getan hätte, um sie zu finden.“

„Ich werde sehen, was sich machen lässt“, beteuerte Ben.

„Aber versprechen kann ich leider nichts."

„Ich bin ihnen zu Dank verpflichtet, Großmeister", ließ ihn Julia wissen und deutete eine Verbeugung an.

„Das ist selbstverständlich", stellte Ben klar.

„Wir sind Verbündete, wir helfen einander."

Nach einer Weile sahen die Gefährten einen leuchtenden Punkt in der Ferne, der allmählich größer wurde.

„Was ist das?", erkundigte sich Miguel.

„Das ist der Eingang zum Nexus, dem Knotenpunkt zwischen den Reichen", erklärte Aaron.

„Von dort aus können wir in jedes der sechs großen Reiche gelangen."

Ein paar Minuten später erreichten die Krieger die Lichtquelle. Es war eine gigantische Energiesphäre, die so hell leuchtete, dass es in den Augen schmerzte. Außerdem schwebte sie wie von Geisterhand gehalten mehrere Zentimeter über dem Boden.

„Habt keine Hemmungen, tretet ruhig näher!", lud Aaron die Gefährten ein.

Als sie in die Sphäre traten, wurden sie von einer wohligen Wärme umgeben. Es wurde schwerer, sich zu bewegen, als schritten sie durch eine zähe Flüssigkeit. Vor sich sahen sie nichts als weißes Licht.

Dann waren sie plötzlich durch und fanden sich auf einer großen Plattform wieder. Sechs ringförmige Portale säumten den Rand, ebenso wie hohe Säulen, auf denen ein Feuer loderte. Jenseits der Plattform lag das endlose Nirgendwo. Als sich die Gefährten den Portalen näherten, begannen sie aufzuleuchten, jedes in einer anderen Farbe.

„Das grüne Portal führt euch zurück ins Erdenreich, das lilafarbene nach Fantasia und das blaue nach Marciola", verriet ihnen Aaron.

„Geht jetzt, wir treffen uns wieder in zehn Tagen!"

„Und wo?", fragte Johnny Lucas.

„Eure Kontaktpersonen wissen Bescheid."

Aaron befeuerte die Gemüter.

„Viel Glück!"

„Ich hoffe nur, dass sie sich über den Treffpunkt einig sind", meinte Julia noch, bevor sie durch das grüne Portal ging.

Aaron blieb, bis die anderen alle weg waren. Gerade als er sich fortteleportieren wollte, spürte er einen kühlen Windhauch in seinem Gesicht. Einen Bruchteil einer Sekunde später erschien ein Mann vor ihm. Er hatte langes, weißes Haar, das zu einem Zopf geflochten war, trug eine ärmellose Weste, eine dunkle Hose und Stiefel aus braunem Leder. Lässig hielt er eine Armbrust geschultert.

„Ich wusste doch, dass du hier sein würdest", begann er in einem lockeren

Plauderton. Seine Lippen aber waren zu einer dünnen Linie zusammengepresst.

„Geht es deinen Freunden aus dem Mutterreich gut?"

„Spionierst du mir etwa nach, Kollege?"

„So würde ich es nicht bezeichnen", entgegnete der Windgott seinem göttlichen Gegenüber.

„Ich wollte nur sehen, ob alles in Ordnung ist."

„Ich weiß deine Fürsorge wirklich zu schätzen, aber ich brauche keinen Aufpasser", stellte Aaron klar.

„Leider sehen das nicht alle so", antwortete Fujin.

„Suijin ist ziemlich entsetzt über das, was du getan hast. Noch nie hat ein Gott seinen Status aufgegeben und sich in die Angelegenheiten der Sterblichen eingemischt."

„Was ich mit meinem Status mache, geht nur mich etwas an."

„Meinetwegen", sagte Fujin.

„Und was ist mit Louis Kim? Du hattest kein Recht, eine solche Entscheidung ohne die Zustimmung der anderen zu treffen."

„Ich hatte keine Wahl", verteidigte sich Aaron.

„Er ist der Champion des „Tödlichen Kampfes", es gibt keinen anderen."

„Das ist nicht wahr!", widersprach ihm Fujin hart.

„Es gibt genügend andere talentierte Kämpfer, die Louis Kims Nachfolge hätten antreten können."

„Muss ich dich daran erinnern, dass Quan Chi aus dem Niederreich entkommen ist? Oder dass fünf der sechs Kamidogu gestohlen wurden?"

„Lenk' nicht vom eigentlichen Thema ab", schimpfte Fujin.

„Du hast die wichtigste aller Regeln gebrochen; schließlich geht es im Turnier um die Lebenden, nicht um die Toten."

„Die Regeln wurden schon vor langer Zeit gebrochen!", widersprach Aaron.

„Es war Namor, der die Regeln korrumpierte, und wir haben als Götter nichts getan. Wir sahen nur tatenlos zu, das muss jetzt ein Ende haben."

„Aber ein Unrecht mit einem anderen Unrecht zu erwidern macht es nicht besser!"

„Diese Unterhaltung führt zu nichts."

Aaron war genervt.

„Du kannst Suijin mitteilen, dass ich in ein paar Tagen persönlich Rechenschaft ablegen werde."

Begleitet von einem hellen Lichtblitz zog Donnergott Aaron von dannen.

Fujin aber blieb zurück und verharrte, als würde er auf jemanden warten. Kurze Zeit später sprudelte ganz in seiner Nähe Wasser wie ein Springbrunnen aus dem Boden und bildete eine seichte Pfütze. Langsam stieg eine Frau mit blonden Haaren hervor. Sie lief barfüßig und trug einen langen, türkisblauen Umhang, darunter so etwas wie einen Bikini, der ihre Reize kaum verhüllte. Sie wirkte sehr jung, und ihre Miene war wie versteinert.

„Es tut mir leid, Suijin", sagte der Windgott zu ihr, ohne sie anzusehen.

„Ich konnte ihn nicht aufhalten."

„Das ist nicht deine Schuld", antwortete die Göttin des Wassers.

„Ich werde mich jetzt persönlich um die Sache kümmern."

„Was ist mit Delia?"

„Was soll mit ihr sein?"

„Sie hat das Ganze zu verantworten", erklärte Fujin.

„Und ich habe erfahren, dass Taven vor Kurzem erwacht ist."

„Was weiß er?"

„Bisher noch nichts", versicherte der Gott des Windes.
   „Aber das könnte sich bald ändern"

„Dann müssen wir ihn aufhalten, falls nötig, auch mit Gewalt."

„Du meinst, wir sollen ihn töten?"

„Ja", forderte Suijin.

„Wenn der gesamte Kosmos auf dem Spiel steht, ist ein einzelnes Leben ein kleines Opfer. Und was Delia betrifft, darum soll sich Argus persönlich kümmern."

„Natürlich, Suijin"

Fujin ließ sich daraufhin von einer Windböe forttragen.

KAPITEL 6

Ewige Sehnsucht

Suruga, Hauptstadt von Marciola

Die Mittagssonne schien durch die großen Fenster aus Kristallglas und erleuchtete den Raum. In der Mitte des Zimmers stand ein verzierter Holztisch, auf dem ausgebreitete Landkarten lagen. Um den Tisch herum hatten sich mehrere ranghohe Soldaten der königlichen Armee Marciolas versammelt. Unter ihnen war eine junge Frau in einer grünen Kampfuniform. Zwar hatte sie nur den Rang eines einfachen Kommandanten, doch war sie in gewisser Weise höher gestellt als die anwesenden Generäle, da sie als Einzige direkt der Königin unterstand und somit ein Vermittler war zwischen Monique und der königlichen Armee. Sie hatte sich tief über die Karte gebeugt, als wollte sie jede noch so kleine Einzelheit erfassen. Mehrere Minuten lang herrschte eine absolute Ruhe im Raum.

„Wenn ihr mir sagt, was Euch gerade durch den Kopf geht, kann ich Euch vielleicht helfen, Kommandant Jade", unterbrach einer der Männer die Stille.

Er war deutlich älter als der Rest. Und mit seinem schneeweißen Haar und dem langen Bart glich er mehr einem Gelehrten als einem General der königlichen Armee.

Sein Name war Shujinko, und er war das außergewöhnlichste Mitglied der Armee. Nachdem er von Königin Monique persönlich aufgenommen worden war, ist er innerhalb kürzester Zeit von einem einfachen Soldaten zum

General aufgestiegen. Ein Grund dafür waren seine außergewöhnlichen Fähigkeiten im Kampf. Er schien jede Situation augenblicklich einschätzen zu können, um die richtigen Entscheidungen zu treffen. Ein Gerücht unter den Soldaten besagte, dass er seine Gabe direkt von den ältesten Göttern empfangen haben musste.

Jade richtete sich wieder auf und sagte:

„Wir wissen, dass Namor die Kontrolle über zwei Dimensionsportale besitzt. Ein Portal liegt im Norden, das andere im Süden. Das bedeutet, dass die Stadt von zwei Seiten in die Zange genommen werden kann. Das beschäftigt mich, denn für das Problem habe ich noch keine Lösung parat."

„Nun, darüber habe ich mir auch schon meine Gedanken gemacht", erklärte Shujinko.

„Soweit ich auf dieser Karte erkennen konnte, führt der Weg aus dem Norden durch eine schmale Gebirgsschlucht. Wenn wir die Hänge mit Bogenschützen besetzen, könnten wir die Streitkräfte Fantasias in einen Hinterhalt locken und effektiv bekämpfen."

„Dafür bräuchten wir sehr gute Kletterer, die mit den Bedingungen des Geländes auskommen", wandte Jade ein.

„Auch da habe ich schon einen Plan", kündigte Shujinko an.

„Und ich glaube, dass unsere neuen Freunde dafür bestens geeignet wären."

„Ihr meint die Shokan?"

In Jades Stimme klang so etwas wie Skepsis mit.

„Ja, sie sind hervorragende Kletterer und außerdem gut im Umgang mit Bogen und Armbrust", beteuerte Shujinko.

„Aber Ihr scheint Zweifel zu haben."

„Ich bin mir nicht sicher, in wieweit wir den Shokan vertrauen können", gestand Jade.

„Ich weiß, dass Königin Monique und auch Prinzessin Laura Goro und seine Truppe als neue Partner ansehen. Aber ich bin der Meinung, dass es besser wäre, sich nicht zu sehr von ihnen abhängig zu machen."

„Habt Ihr einen alternativen Vorschlag?", wollte Shujinko wissen.

„Daran arbeite ich noch", erwiderte Jade.

Vom Flur vor dem Strategiezimmer drangen schnelle Schritte zu ihnen vor. Anscheinend hatte es jemand sehr eilig. Und schon wenige Augenblicke später betrat ein Kurier des Hofes den Raum. Als er die Anwesenden sah, kniete er nieder.

„Kommandant Jade, ich bringe euch eine dringende Nachricht."

Jade sah den Boten fragend an, in Erwartung darauf, was er ihr mitzuteilen hatte. Doch er schwieg zunächst.

„Jetzt redet schon!", forderte Jade ungeduldig.

„Sagtet ihr nicht, es sei dringend?"

„Ich würde Euch die Nachricht lieber unter vier Augen überbringen."

„Na schön", willigte Jade ein und gab den anderen ein Zeichen, woraufhin sie den Raum verließen. Shujinko, der als Letzter hinausging, schloss die Tür hinter sich.

„Die Hierophantin von Shinnok ist wieder in unserem Reich", flüsterte der Bote leise, als befürchtete er, jemand könnte ihn abhören.

Die Nachricht traf Jade so überraschend, dass sie für mehrere Sekunden keine Worte fand.

„Ist diese Information gesichert?"

„Absolut, es bestehen keine Zweifel."

„Wer weiß noch von der Sache?"

„Ich hielt es für besser, mich erst einmal diskret zu verhalten", antwortete der Bote.

„Die Prinzessin weiß nichts von der Sache, ebenso wenig wie die Königin. Ihr seid die Erste, die davon erfahren hat."

„Ihr habt vollkommen richtig entschieden", sagte Jade.

„Ich möchte euch bitten, auch weiterhin Stillschweigen zu bewahren. Ich werde mich persönlich um den Rest kümmern."

„Selbstverständlich", erwiderte der Bote. Mit einer erneuten knappen Verbeugung verließ er den Saal.

7972 v. Chr.

Privatakademie von Marciola

Die Akademie, die in der Mitte der Hauptstadt lag, war im gesamten Reich bekannt. Alle Adeligen, aber auch solche, die einfach nur das ausreichende Geld besaßen, schickten ihre Nachkommen in jene Schule. Das Gebäude war ein großes und schwerfälliges Gebilde, das sich beim näheren Hinsehen als zwei Häuser entpuppte. Ein langer Durchgang aus Glas verband die beiden Teile miteinander. Und über dem Eingang hing ein gusseiserner Schriftzug:

ES GIBT KEIN WISSEN, DAS NICHT GLEICHZEITIG MACHT IST.

In einem der beiden Gebäude wurde der Unterricht abgehalten, während das andere die Wohnräume für die Studenten beinhaltete. Es war vorgesehen, dass alle Schüler der Akademie für die Zeit ihres Studiums ein eigenständiges Leben führten. Auch Laura und Helena sind hier eingezogen, dafür hatte Namor gesorgt, der sich nicht nur gegenüber seiner Stieftochter als sehr großzügig erwiesen hatte, sondern auch bei deren besten Freundin. Das wusste Helena zu schätzen, denn die Chancen auf Bildung waren für Waisenkinder äußerst gering. Das Schicksal derer war es in den meisten Fällen, sich mit harter körperlicher Arbeit über Wasser zu halten.

Die Zeit verging wie im Flug, sieben Jahre sind vergangen, seit Laura in die Akademie eingetreten war. Knapp zwei Monate später würde sie ihre Abschlussprüfung absolvieren. Deshalb saß sie nun fast jeden Tag bis tief in die Nacht an ihrem Schreibtisch, las in dicken Büchern oder schrieb Abhandlungen über Verhandlungsstrategien.

So war es auch in jener späten Stunde, als es plötzlich an ihrer Tür klopfte.

„Wer ist da?"

Laura, wunderte sich, wer sie jetzt noch aufsuchte.

„Ich bin es", erklang die Stimme ihrer besten Freundin.

Laura öffnete die Tür, und das erste, was sie bemerkte, war die Art und Weise, wie Helena gekleidet war. Sie trug ein langes elegantes Kleid aus gelbem Stoff mit einem schwarzen Muster darauf.

Dazu trug sie Stiefel und Lederhandschuhe, die ihr bis zu den Ellenbogen reichten. Ihr Haar hatte sie zu einem Pferdeschwanz zusammengebunden.

„Hi", sagte sie etwas aufgedreht.

„Was machst du gerade?"

„Das übliche wie in den letzten Tagen auch", antwortete Laura.

„Verhandlungsstrategien hängen mir fast schon zum Hals raus. Was ist mit dir?"

„Ich habe beschlossen, heute nichts mehr über die antiken Glyphen Marciolas zu lesen und stattdessen noch etwas auszugehen. Da wollte ich dich fragen, ob du mit mir kommst."
„Was? Jetzt noch?"

„Ja klar, es ist doch eine schöne Nacht. Also, was meinst du?"

„Ich weiß nicht, Helena. Es ist schon sehr spät, und ich muss morgen früh raus, also denke ich, dass ich mich bald schlafen legen werde. Aber danke für das Angebot."

„Ich verstehe", entgegnete Helena mit enttäuschter Stimme.

„Aber weißt du, nur den ganzen Tag für die Abschlussprüfung zu lernen wird dich nicht glücklich machen."

„Du meinst also, ich solle mit dir kommen?"

„Ja, auf jeden Fall!"

Helena war voller Enthusiasmus.

„Na schön, ich glaube, ein wenig frische Luft täte mir nicht schlecht", gab sich die Prinzessin geschlagen.

„Gib mir nur eine Minute, um mir etwas anderes anzuziehen. Wenn ich dich so sehe, komme ich mir ja richtig schäbig vor."

„Okay, ich warte solange", sagte Helena und schien noch glücklicher zu werden, als sie ohnehin schon war.

„Hoffentlich bereue ich meine Entscheidung nachher nicht.

„Das wirst du nicht, Laura. Das verspreche ich!"

Wieder in der Gegenwart:

Shujinko hatte vor der Tür gewartet, während Jade mit dem Boten sprach. Als jener den Strategiesaal verließ, ging er wieder hinein. Jade stand bewegungslos an einem der großen Fenster und schaute hinaus. Der General konnte spüren, dass in den wenigen vergangenen Minuten etwas Gravierendes vorgefallen sein musste.

„Macht die Tür zu", forderte ihn Jade schließlich auf, ohne sich umzudrehen.

Shujinko tat, was Jade ihm aufgetragen hatte, erst da wandte sie sich ihm wieder zu. Er konnte erkennen, dass ihr etwas Sorgen bereitete, und er ahnte bereits, was es war.

„Sie ist wieder hier, nicht?"

Mehr musste er nicht sagen, beide wussten, wer mit „sie" gemeint war.

„Ihr wusstet es?"

„Nein, ich habe geraten", beteuerte Shujinko.

„Ich ahnte so etwas."

„Der Zeitpunkt könnte wirklich nicht unpassender sein", ärgerte sich Jade.

„Wir sind mitten in den Vorbereitungen auf die Konfrontation mit Fantasia."

„Ich frage mich nur, was sie hier will", sagte der alte Mann.

„Ich werde sie festnehmen und verhören lassen."

„Nein", erwiderte Jade.

„Sie könnte uns mehr Informationen liefern, wenn sie sich in Freiheit befindet. Auch ich möchte wissen, was sie vorhat, und in wessen Auftrag sie handelt. Schickt Spione aus, die sie überwachen sollen."

„Ich werde es sofort veranlassen", versprach Shujinko.

„Und noch etwas", fügte Jade hinzu.

„Bewahrt weiterhin möglichst Diskretion. Es darf niemand etwas davon erfahren, am wenigsten die Ratgeber der Königin. Ich möchte nicht, dass hier zusätzlich Chaos entsteht."

„Ich verstehe. Aber jemand muss es der Prinzessin mitteilen."

„Das werde ich persönlich übernehmen."

„Natürlich, wie ihr wünscht", erwiderte Shujinko förmlich und verließ das Zimmer.

Vergangenheit:

Hinter dem wuchtigen Gebäude lag ein großer Garten.

Hier bauten die Studenten Pflanzen für naturwissenschaftliche Forschungsarbeiten an.

Doch als Laura mit Helena dort ankam, erkannte sie den Ort kaum wieder. Der Garten war voll von jungen Menschen, die in einem Kreis aus aufgestellten Fackeln tanzten. Ein Quartett von Musikstudenten lieferte die Musik dazu. Da gab es ein Mädchen, das auf einer Zither spielte, ein anderes mit der Violine, ein Junge blies auf einem Dudelsack, und der vierte schlug die Trommel. Zusammen ergab das traditionelle Marciolanische Musik, die sowohl schnelle Rhythmen als auch schöne Melodien beinhaltete. Der dazugehörige Tanz war eine variierende Abfolge von Sprüngen zum Takt.

„Ich habe wirklich nicht erwartet, dass hier so viel los ist", gab sich Laura erstaunt.

„Tja, ich wollte dir zeigen, dass man eben noch anders seine Abende und Nächte verbringen kann", lächelte Helena.

Für einige Minuten blieben sie am Rand der improvisierten Tanzbühne stehen, lauschten den Klängen und sahen den anderen beim Tanzen zu. Als das Stück zu Ende war, legten die vier Musiker eine kurze Pause ein, um, nach ein paar Minuten zu einem neuen Lied anzusetzen.

„Hey! Das ist mein Lieblingsstück!", rief Helena enthusiastisch. Ihre Augen funkelten, als sie Laura an die Hand nahm und sagte:

„Komm, tanz mit mir!"

Laura fühlte sich von der plötzlichen Aufforderung überrumpelt.

„Aber ich kann nicht tanzen."

„Das ist jetzt nicht dein Ernst, oder?"

Helena sah ihre Freundin fragend an.

„Anscheinend doch. Dann werde ich es dir eben beibringen. Eine Prinzessin muss schließlich tanzen können!"

Laura wollte zunächst widersprechen, sah dann aber ein, dass es sinnlos war, sich Helena zu widersetzen. Zögerlich folgte sie ihr in den Tanzkreis und versuchte, Helenas Tanzschritte nachzuahmen. Allerdings war es schwieriger als erwartet: Laura hatte ihre Mühe damit, sich gleichzeitig auf ihre Schritte und die Musik zu konzentrieren. Frustriert gab sie auf.

„Das führt zu nichts", gestand sie ein.

„Du denkst viel zu viel nach", munterte Helena sie auf und hielt die Prinzessin an der Hand fest. „Du musst einfach die Musik durch deinen Körper hindurch fließen lassen. Lass' dich von ihr leiten und hör' auf, nachzudenken."

Widerwillig gab Laura nach und beschloss, dem Ganzen eine zweite Chance zu geben. Sie schloss ihre Augen und versuchte, sich ausschließlich auf die Melodie zu konzentrieren. Langsam spürte sie, wie ihre Bewegungen flüssiger wurden. Fast wie in einem Trancezustand tanzte sie, bis die Musik endete. Sie schlug ihre Augen wieder auf und sah, dass Helena mit einem breiten Lächeln im Gesicht vor ihr stand.

„Siehst du? Das war doch gar nicht so schwer."

„Irgendetwas ist heute an dir anders", bemerkte Laura. „Du bist so glücklich."

„Ja, du hast Recht", gab Helena offen zu.

„Ich habe mich nämlich in jemanden verliebt."

„Ach wirklich?"

Laura war überrascht. Es war ihr noch nie aufgefallen, dass Helena ein Interesse an Jungen gezeigt hätte.

„Nicht, dass ich neugierig wäre, aber könntest du mir trotzdem sagen, wie er heißt? Kenne ich ihn?"

Helena trat noch näher an ihre Freundin heran und beugte sich vor, bis sich ihre Edgarsen berührten.

„Du bist es", flüsterte sie ihr ins Ohr.

„Ich bin verliebt in dich."

„Was? Könntest du das nochmal sagen?"

Laura hatte eine solche Antwort nicht erwartet.

„Ich bin verliebt in dich", wiederholte Helena.

„Sag es nochmal!", verlangte Laura, obwohl sie es diesmal ganz offensichtlich verstanden hatte.

„Ich bin verliebt in dich."

„Nochmal!", forderte Laura.

„Ich bin verliebt in dich, ich bin verliebt in dich, ich bin verliebt in dich…"

Als ob das plötzlich der einzige Satz war, den sie noch konnte, wiederholte Helena ihn immer wieder, wenn Laura ihre Worte nicht mit einem langen und leidenschaftlichen Kuss unterbrochen hätte. Fast war es, als vergaßen sie alles um sich herum. Es gab in dem Moment nur noch sie.

Als sich ihre Lippen wieder voneinander getrennt hatten, bemerkten sie, dass eine absolute Stille herrschte. Die Musik war verstummt, alle blickten stattdessen wie gebannt auf das Pärchen. Laura war die Situation ziemlich peinlich, aber Helena machte sich weniger daraus. Mit lauter Stimme fragte sie in die Runde:

„Was ist? Noch nie Liebende gesehen, die sich küssen, oder was?"

Eine ganze Zeit lang schwiegen alle, niemand wagte, etwas zu sagen. Doch dann begannen sie plötzlich alle zu jubeln und zu klatschen. Schließlich setzte die Musik wieder ein, und die Paare tanzten weiter. Laura und Helena jedoch blieben einfach nur stehen, eng miteinander umschlungen.

„Lass uns irgendwohin gehen, wo es ruhig ist", schlug Laura vor.

„Hmm, meinst du, dass wir beide in eines dieser Betten passen?"

„Keine Ahnung. Aber ich würde sagen, dass es ein Versuch wert ist."

Somit verließen sie den Garten Hand in Hand, während die anderen weitertanzten und die Nacht zum Tag machten.

Gegenwart:

Jade fand Prinzessin Laura im Audienzsaal. Zu den Audienzen trug sie stets ihr vornehmstes Kleid. Doch nun war sie allein. Die Sitzung war gerade geschlossen. Wie immer versuchte sie, sich aufrecht zu halten, und sich nichts von ihrer Müdigkeit anmerken zu lassen. Doch die bevorstehende Schlacht gegen Namors Armeen hatte bereits Spuren an ihr hinterlassen. Jade sah, wie sehr es ihre Freundin anstrengte, das Lächeln zu bewahren. Wenn man sich so lange kannte, konnte man nichts mehr voreinander verbergen.

„Du solltest dich etwas ausruhen", riet ihr Jade.

„Seit wie vielen Nächten hast du schon nicht mehr richtig geschlafen?"

„Ich kann mich jetzt nicht ausruhen", bedauerte Laura.

„Ich muss noch die Angriffspläne mit General Shujinko besprechen, mit unseren neuen Verbündeten, den Shokan, reden, Vorbereitungen für die Rückkehr meiner Mutter aus Seido treffen, und so weiter."

„Das alles kann warten, zumindest für einen Augenblick".

„Du kennst doch das Sprichwort, dass Ruhe ein Luxus sei, den sich nur die Toten leisten können?", fragte die Prinzessin.

„Natürlich", antwortete Jade.

„Aber das sind die Worte von Superhelden, und das sind wir nicht. Wir sind ganz gewöhnliche Sterbliche, nur in einer etwas gehobenen Position."

„Na schön, du hast mich überzeugt. Ich werde sofort eine Pause einlegen, wenn sich die Gelegenheit ergibt. Aber das ist doch nicht der einzige Grund, weshalb du hier bist, oder?"

„Es ist nicht so wichtig. Wir können später darüber reden."

„Aber jetzt bist du schon einmal hier", konterte Laura.

„Also, sag' mir, was los ist."

Jade zögerte kurz, gab dann aber nach und verriet:

„Helena ist wieder in Marciola."

Sofort hatte sie damit Lauras Aufmerksamkeit auf sich gezogen.

„Was? Seit wann?"

„Keine Ahnung, ein paar Tage? Wochen?"

„Was will sie hier?", wollte die Prinzessin wissen.

„Wieso jetzt?"

„Das wissen wir im Moment nicht", gestand Jade.

„Ich habe Spione ausgeschickt, die sie weiterhin beobachten sollen. Wenn wir etwas herausfinden, wirst du es als Erste erfahren."

Nachdem Laura einige Sekunden lang nachgedacht hatte, forderte sie:

„Ich muss persönlich mit ihr sprechen."

„Das halte ich für keine gute Idee", widersprach Jade.

„Immerhin hat sie Hochverrat begangen! Sie hat einen Krieg verursacht. Wenn es nach deiner Mutter ginge, hätte man ihr schon längst den Prozess gemacht und sie wahrscheinlich hingerichtet."

„Ich bin aber nicht meine Mutter!", unterbrach Laura sie scharf.

„Was ist es, das dich immer noch dazu veranlasst, sie zu verteidigen? Hast du denn vergessen, was sie uns allen angetan hat?", fragte Jade mit besorgter Stimme.

„Ist es etwa, weil du sie noch immer liebst?"

„Ich liebe sie nicht mehr", erwiderte Laura.

„Allerdings kann ich sie auch nicht hassen, nicht, nachdem sie mir mein Leben gerettet hat. Könntest du so jemanden hassen?"

„Ich verstehe deine Gefühle. Aber Helena ist nicht mehr die, die sie mal war, und ich hoffe, du erkennst das eines Tages."

Sie drehte sich um und verließ den Raum. Als sie fast draußen war, hörte sie Laura fragen:

„Wie können wir heute diejenigen verdammen, denen wir gestern nahestanden, nur weil sich die Standpunkte über Nacht geändert haben?"

„Ich weiß es nicht", antwortete Jade, ohne sich umzudrehen und setzte dann ihren Weg fort.

Vergangenheit:

Das Paar wurde am Morgen ziemlich unsanft geweckt. Die Sonne war noch nicht einmal vollständig aufgegangen, als die Tür ohne Vorwarnung und mit einem lauten Knall aufgestoßen wurde. Ein Mädchen in einem grünen Trainingsanzug marschierte wie selbstverständlich und ohne Aufforderung herein. Doch das allein reichte noch nicht aus: Während sie durch die Wohnung lief, als wäre es ihre eigene, rief sie laut:

„Guten Morgen, Laura! Es ist Zeit für unsere tägliche Strecke!"

Als sie keine Antwort erhielt, wurde sie noch ein wenig lauter:

„Komm' schon, Prinzessin! Du weißt doch, der frühe Vogel fängt den Wurm!"

Endlich regte sich etwas, doch zu ihrer Überraschung war es nicht Laura, die aus dem abgetrennten Schlafbereich hervorkam. Helenas sonst so ordentlich gekämmten Haare hingen ihr wirr ins Gesicht, und sie hatte sich auch keine Mühe gemacht, sich irgendwas anzuziehen.

„Jade, du nervst", brummte sie.

„Wenn du schon in aller Frühe bei fremden Leuten in die Wohnung rennen musst, dann tu es gefälligst bei jemand anderem!"

„Was tust du denn hier?"

Jade war sichtlich überrascht.

In dem Moment kam auch Laura zum Vorschein. Sie versteckte sich dezent hinter Helena, so dass nur ihr Kopf hinter deren Schulter hervorlugte.

„Ja also, weißt du, Jade, wir haben das Bett miteinander geteilt", erklärte Laura.

„Du glaubst ja gar nicht, wie verdammt kalt die Nächte hier werden."

„Okay, ich glaube, ich hätte erst anklopfen sollen. Ich will auch gar nicht wissen, was ihr gemacht habt. Ich bin jetzt weg!"

In eiligen Schritten verließ sie die Wohnung.

„Wie spät ist es?", erkundigte sich Laura gähnend, während sie zurück zu ihrem Bett stolperte.

„Viel zu früh", meinte Helena.

„Du stehst wirklich um diese Zeit auf?"

„Normalerweise schon"

„Dann laufen Jade und ich zwei Stunden. Du kannst ja das nächste Mal mitkommen. Das hält fit, weißt du?"

„Nein danke", lehnte Helena ab.

„Ich habe kein Bedürfnis danach, mich länger als unbedingt nötig in Jades Nähe aufzuhalten."

„Was hast du denn gegen sie?"

„Sie ist so." Helena musste eine Weile nachdenken.

„Sie macht sich immer so wichtig, und ständig muss sie ihre Nase überall reinstecken!"

„Na schön, du magst sie also einfach nicht"

Laura drehte sich auf die Seite und schloss ihre Augen.

„Weckst du mich nachher?"

„Warum bleiben wir heute nicht im Bett?", schlug Helena vor.

„Geht nicht", antwortete Laura schlaftrunken.

„Ich hab' Unterricht."

„Die Welt wird nicht untergehen, wenn du einmal den Unterricht verpasst", lächelte Helena und küsste Laura auf die Stirn.

„Wenn du bleibst, werde ich sehr gut zu dir sein."

Doch Laura hörte den Vorschlag nicht mehr, sie war bereits wieder eingeschlafen.

Gegenwart:

Es gab Orte in Marciola, die sich seit Jahrtausenden nicht geändert haben. Der Friedhof der Aristokraten war einer dieser Orte. Er sah immer noch so aus wie vor fast zehntausend Jahren, und, weil die Bewohner Marciolas sehr hohe Lebenserwartungen hatten, sind nur wenige neue Gräber hinzugekommen. Dennoch hatte die Zeit ihre Spuren hinterlassen. Manche der Grabsteine waren korrodiert und von Gras überwuchert, so dass ihre Inschrift kaum noch zu erkennen war. Das Grab von Lord David, dem letzten Botschafter der neuen Länder, bildete da keine Ausnahme. Für Helena war es jedoch nicht das geringste Problem, es wiederzufinden. Sie säuberte den Platz grob, bevor sie eine weiße Lilie auf den Grabstein legte.

„Vater, ich bin wieder zuhause",
flüsterte sie leise.

„Verzeih' mir, dass ich so lange
gebraucht habe."

Sie hielt einige Sekunden lang inne, als
sie plötzlich die Gegenwart einer Person
in ihrer Umgebung spürte.

„Kann ich nicht einmal hier meine Ruhe
haben?", fragte sie und drehte sich um.

„Ich habe gehört, dass du dich wieder in
Marciola aufhältst", unterbrach sie
Laura, die auf dem Friedhof erschienen
war.

Auch sie hatte eine Lilie mitgebracht, die
sie neben der von Helena legte.

„Da wusste ich, weshalb du
hergekommen bist. Du hast dich

verändert", stellte sie nach einer Weile fest.

„Du siehst irgendwie anders aus."

„Tja, ich dachte, dass mir eine Veränderung gut täte", entgegnete Helena.

Tatsächlich hatte sie jetzt unter anderem eine neue Frisur. Ihr schwarzes Haar trug sie nun offen, und sie hatte nun einen Pony. Aber die größte Veränderung in ihrem Gesicht schienen ihre Augen zu sein: Ihre Iris war soweit verblasst, dass man sie fast nicht mehr zu sehen konnte; ein Effekt, der eindeutig auf den Einfluss der Nähe zu Shinnok zurückzuführen war.

„Ich sehe meinen Vater immer noch vor mir, wie er sich an jenem Tag das Leben nahm, als wäre es erst gestern gewesen."

Helena floss eine Träne über die Edgarsen.

„Ja, ich weiß, wie das ist", merkte Laura an.

„Nein, du weißt nicht, wie das ist", widersprach Helena.
„Der Unterschied ist nämlich, dass deine Mutter wieder da ist. Mein Vater ist nicht wiedergeboren worden wie sie."

Eine Zeit lang hielt sie inne.

„Ich hätte fast alles getan, um meinen Vater zurückzubringen."

„Hast du deshalb Shinnok die Treue geschworen?"

„Nein, das hat einen anderen Grund. Ich bin nämlich Hierophantin geworden, weil ich glaube, dass der Weg, den uns Shinnok vorgibt, der Richtige ist", bekräftigte Helena.

„Du verstehst das nicht."

„Wie kannst du nur so etwas sagen?"

Laura wurde zornig.

„Du hast deine eigene Heimat verraten. Du hast uns alle hintergangen, du hast so viel Leid verursacht! Und das soll der richtige Weg sein?"

„Darf ich dich daran erinnern, dass du selbst jahrtausendelang Namors Befehle ausgeführt hast, ohne sie zu hinterfragen? Ist dir jemals in den Sinn gekommen, dass das falsch war?

Hast du durch deine Handlungen etwa nicht dafür gesorgt, dass sich Namors Einfluss in Marciola immer weiter ausbreitete?"

„Das ist doch etwas anderes! Du weißt, was passiert wäre, wenn ich mich ihm offen widersetzt hätte!", widersprach die Prinzessin.

„Wer ist jetzt selbstgerecht? Du hast einfach blinden Gehorsam geleistet, weil du zu feige warst, deinen eigenen Standpunkt zu vertreten. Was ist aus der Laura geworden, die bereit war, ihr eigenes Leben für eine fremde Frau aufs Spiel zu setzen? Und du verlangst von mir, dass ich so handle wie du, und meine wahren Überzeugungen einfach über Bord werfe?"

„Jade hatte Recht", stellte Laura fest.

„Ich weiß nicht, was passiert ist, aber du bist wirklich nicht mehr die, die du einmal warst. Wir sind auf einem Friedhof, deshalb möchte mich nicht mehr mit dir weiterstreiten. Tu, was immer du hier zu tun hast, und verschwinde dann aus Marciola. Anderenfalls kann ich nicht mehr für dein Leben garantieren."

Sie drehte sich um und ging ihres Weges.

„Hey!", rief Helena ihr noch nach.

„Hatten wir damals nicht trotzdem einen Riesenspaß?"

„Ja, den hatten wir", gab Laura zu und konnte ein Lächeln nicht unterdrücken.

„Den hatten wir tatsächlich."

KAPITEL 7

Herzen aus Stein

Festung von Fantasia (Namors Regierungssitz)

„Was mache ich hier überhaupt?", fragte sich Helena im Stillen, als sie durch die langen Gänge von Namors Festung lief.

Eigentlich war die Bezeichnung „Namors Festung" nicht ganz zutreffend. Er besaß sie nicht, weil er sie geerbt oder ein sonstiges Recht auf sie gehabt hätte. Er hat sie einfach an sich gerissen, als er seinen Vorgänger, Kaiser Rami, getötet hatte. Die Ermordungen der Herrscher von Fantasia zog sich wie ein roter Faden durch die Geschichte. Kaum einer von ihnen war auf natürliche Weise im Krankenbett gestorben. Um dieser

Gefahr lachend die Stirn zu bieten, hatte der erste Kaiser von Fantasia die Erbauung der schwarzen Festung angeordnet. Und damit wurde auch ein Zeichen gesetzt, dass sich das finstere Reich niemals beugen würde, nicht einmal den ältesten Göttern.

Das war etwas, das Helena sehr gut nachvollziehen konnte. Denn wenn sie eines schon früh gelernt hatte, dann war es, dass es besser war, stark zu sein als schwach, und dass es besser war, zu herrschen, als beherrscht zu werden.

Obwohl Helena in Marciola zur Welt kam, waren ihre Eltern ursprünglich nicht von dort. Als ihr Vater, Lord David, zum Botschafter der neuen Reiche ernannt wurde, zog er mit seiner Frau Laetitia in diese Wahlheimat. Sie ließen sich dort nieder und sie wurde schwanger. Damit hatte David alles erreicht, was er sich wünschte: Er hatte eine angesehene Arbeit, ein super Verhältnis zum Königspaar und bald schon einen Nachkommen. Für eine Weile sah es so aus, als würde es das Leben gut meinen mit den beiden.

Doch das änderte sich schlagartig bei der Geburt des Kindes. Obwohl die Ärzte ein gesundes Kind vorhergesagt haben, ergaben sich plötzliche Komplikationen: Laetitia verlor unvorhergesehen viel Blut. Die Ärzte und Hebammen kämpften verzweifelt um das Leben der Mutter und des Kindes. Doch am Ende starb Laetitia im Kindsbett, aber nicht, ohne ihre Tochter vorher noch einmal gesehen zu haben, mit einem Leuchten in den Augen, das nur eine Mutter beim Anblick ihres Neugeborenen zeigte.

Diese Geschichte wurde Helena von ihrem Vater immer wieder erzählt. Jedes Mal schilderte er, wie glücklich seine Frau in den letzten Momenten ihres Lebens ausgesehen hat. Dass sie ihn an jenem Tag für immer verließ, war für David der Wille der ältesten Götter, die ihre Gründe gehabt haben müssen. Doch für Helena lagen diese woanders.

Ihrer Meinung nach war die Welt ein Ort, an dem nur die Starken überleben konnten, während die Schwachen früher oder später verschwinden. Es war nicht so, dass sie keinen Respekt vor ihrer Mutter gehabt hätte, aber sie glaubte, dass Laetitia noch leben würde, wenn sie nur stärker gewesen wäre. Und war der Selbstmord ihres Vaters nicht ebenso eine Folge seiner Schwäche?

Doch obwohl Namor eindeutig einer von denen war, die Stärke und Macht besaßen, hatte Helena nie zu ihm aufgesehen oder ihn gar bewundert. Namor versuchte so sehr, mehr und mehr Macht zu bekommen, dass er gänzlich zu einem Getriebenen seiner Gier wurde. Er war süchtig nach Erfolg und das war stets ein Zeichen für Schwäche. Um diese Sucht zu befriedigen, war er sogar bereit, die Leute in seinem direkten Umfeld zu opfern. Das hatte Helena vor langer Zeit am eigenen Leib erfahren. Seitdem hatte sie sich geschworen, ihm nie wieder zu dienen. Doch nun stand sie hier vor der großen Doppeltür, die in seinen Thronsaal führte. Sie war nicht fähig, ihren eigenen Schwur zu halten. Jeder hatte irgendeine Schwäche, und das war ihre. Kurz zögerte sie noch, bevor sie durch die Tür trat.

7361 v. Chr.

Suruga, freies Reich von Marciola

Es war ein ganz normaler Vormittag im Frühling. Die Sonne schien, und es war angenehm warm. Was diesen Tag jedoch für Helena besonders machte, war die Tatsache, dass Laura von einem siebentägigen Auftrag mit der imperialen Truppe zurückkehrte, und sie anschließend einen dreitägigen Urlaub bekommen hat, um Freunde zu besuchen. Den wahren Grund hatte sie allerdings nicht verraten. Von der Beziehung zwischen Helena und ihr ahnte Namor nach wie vor nichts.

Diese Zeit wollten Helena und Laura ausgiebig nutzen. Sie würden lange Gespräche miteinander führen und durch die Wälder Marciolas spazieren. Nicht zu vergessen war der Sex. Laura schien in der Hinsicht eine unglaubliche Energie zu besitzen, was Helena von Anfang an überrascht hatte. Sie hatte nicht erwartet, dass eine so zierliche Frau zu so etwas im Stande war. In gewissen Situationen waren die unscheinbarsten Personen eben die Stärksten.

Darüber hinaus hatte Helena vor, die Prinzessin mit ihren Kochkünsten zu verwöhnen. Was als eine Art Hobby während ihrer Kindheit begann, hatte sich mittlerweile zu einem Können entwickelt, das sich durchaus sehen ließ. Nun nutzte sie ihre Zeit, um sich auf dem Markt nach frischem Gemüse, Obst und Fleisch umzusehen.

Sie kam an einem Stand mit einem großen Wassertank vorbei, worin lebende Aale schwammen. Helena entschloss sich spontan, einen mitzunehmen, und ging näher heran. Die Verkäuferin war eine korpulente Frau, die sich gerade angeregt mit der Kollegin des Nachbarstandes unterhielt.

„Wie viel kostet der Aal?", erkundigte sich Helena.

Die Fischverkäuferin unterbrach ihre Unterhaltung.

„Sechs Münzen für einen", antwortete sie. Als sie sah, dass Helena zögerte, fügte sie hinzu. „Das ist nicht teuer, junge Dame. Für lebende Aale müsst Ihr anderswo bis zu zehn Münzen zahlen."

„Okay, Ihr habt mich überzeugt. Ich nehme einen."

„Soll ich ihn für Euch töten oder wollt Ihr das selbst tun?"

„Macht ihr es lieber."

Die Frau öffnete daraufhin den Tank, griff hinein, zog einen der Aale mit ihren bloßen Händen heraus und hackte den Kopf mit einem Fleischerbeil ab. Das Ganze dauerte nicht länger als zehn Sekunden. Und während sie ihn daraufhin in Papier einwickelte, setzte sie das Gespräch mit ihrer Nachbarin fort. Ohne dass Helena es wollte, bekam sie deren Worte mit.

„Ich kann es einfach nicht glauben", sagte sie.

„So ein armes Ding, und sie ist doch noch so jung!"

„Ja!", stimmte die Frau vom Nachbarstand mit grimmigem Gesichtsausdruck zu.

„Aber ich habe es ja schon immer gesagt: Unter Namor haben wir nichts mehr zu lachen. Und wer es wagt, sich ihm zu widersetzen, landet auf dem Schafott. Da gibt es keine Ausnahme!"

„Ja schon, aber das ist doch etwas Ungeheuerliches!", beklagte die Fischverkäuferin.

Sie war nun fertig mit dem Verpacken.

„Steht wieder mal eine Hinrichtung an?"

Helena wurde neugierig.

„Davon habe ich ja gar nichts mitbekommen."

Schon vor langer Zeit hatte sie aufgehört, sich darüber Gedanken zu machen oder gar Mitleid zu empfinden.

Wer ein schweres Verbrechen beging, wurde schließlich mit dem Tode bestraft.

„Es ist auch erst heute Morgen bekannt geworden", erzählte ihr die Fischverkäuferin.

„Und stellt euch sich vor, es ist seine Stieftochter."

Die Nachricht schockierte Helena so sehr, dass ihr die Sprache wegblieb.

„Welche Stieftochter?", war das Einzige, was sie noch herausbekam.

„Na, Ihr wisst schon, die Prinzessin! Wer denn sonst?"

Helena fühlte Übelkeit in sich aufsteigen, der Fischgeruch wurde plötzlich unerträglich, und ihr wurde schwindlig. Es war einfach unmöglich, beinahe grotesk. Namor hat die Prinzessin zum Tode verurteilt? Laura? Warum in aller Welt hätte er das tun sollen? Nein, es musste sich dabei um eine Verwechslung handeln, oder um einen schlechten Scherz.

„Das kann nicht sein."

„Ich weiß, das Gleiche habe ich auch gedacht", sagte die Frau vom Nachbarstand.

„Aber dann habe ich mit meinen eigenen Augen gesehen, wie sie von der imperialen Truppe durch die Straßen geführt wurde. Sie war gefesselt wie eine Schwerverbrecherin, und ich konnte sehen, dass sie schlimm verprügelt worden war."

Endlich erwachte Helena wieder aus ihrer Schockstarre. Bestimmt war alles nur ein Missverständnis. Auf jeden Fall musste sie etwas tun. Sie konnte nicht tatenlos zulassen, dass ihre Freundin hingerichtet wurde. Sie wollte Laura retten. Sie ließ den eingepackten Fisch liegen und begann loszulaufen.

„Hey, junge Dame! Ihr müsst noch bezahlen! Ich kann den Aal doch nicht mehr so weiterverkaufen!", rief die Frau, doch Helena war längst außer Sichtweite.

Als sie im Palast ankam, war nichts Ungewöhnliches zu bemerken. Alles ging seinen gewohnten Gang. Es wirkte auf Helena so surreal, dass sie fast glaubte, es sei nur ein schlechter Traum gewesen. Doch sie wurde wieder in die Realität zurückgeworfen, als ihr einer von Namors Armee begegnete, der vor dem Thronsaal patrouillierte. Es war ein Mann in ihrem Alter, gutaussehend. Sein kurz geschnittenes Haar war vollkommen schwarz, so wie das Haar aller Einwohner von Marciola. Eine Tätowierung, die einer Maske glich, zierte sein Gesicht. Seine Uniform in den Farben dunkelrot und schwarz schien makellos rein.

General Reiko war einer der geheimnisvollsten Männer in Namors Stab. Einige Jahrhunderte zuvor tauchte er plötzlich wie aus dem Nichts auf. Keiner kannte dessen wahre Identität. So kamen bald viele Gerüchte über die Herkunft und seine Person auf. Eines davon besagte, dass er und Namor ein und derselbe waren. Helena wunderte sich nur, wie jemand eine derart lächerliche Theorie aufstellen konnte. Hatte der- oder diejenige noch nie gesehen, wie Namor ein Gespräch von

Angesicht zu Angesicht mit seinem General führte?

„Was tust du denn hier?", fragte er mit seiner tiefen Stimme.

„Ist die Sache mit Laura wahr?", wollte Helena wissen.

„Du hast es bereits mitbekommen?"

„Also ist es wahr?"

„Ich fürchte, ja", antwortete Reiko. „Die Hinrichtung findet in drei Tagen statt."

„Dann muss ich einen Weg finden, dass das Urteil aufgehoben wird", entgegnete ihm Helena entschlossen.

„Das wird wohl kaum geschehen, nachdem sie ihren Truppenführer angegriffen und fast zu Tode geprügelt hat", erwiderte Reiko unbarmherzig. Dann fügte er etwas sanfter hinzu:

„Es tut mir leid, ich weiß, dass ihr euch sehr nahe standet."

„Spar dir dein Mitleid, und rede gefälligst nicht so, als sei sie bereits tot!", heulte Helena und versuchte, an Reiko vorbeizukommen.

„Was hast du vor?"

„Hast du mir eben nicht zugehört?", fragte Helena.

„Ich werde mit Namor über die Sache reden!"

„Aber du kannst jetzt nicht zu ihm!", erklärte ihr Reiko.

„Er ist beschäftigt!"

„Ich fürchte, er wird sich die Zeit für mich nehmen müssen", erwiderte Helena und trat durch die Tür zum Thronsaal.

Namor befand sich gerade in einem Gespräch mit seinen Ministern, als Helena in den Raum stürmte. Sie unterbrachen auf der Stelle ihren Diskurs. Bevor Namor auf den kleinen Zwischenfall reagieren konnte, eilte Reiko hinter Helena herein.

„Verzeiht, Mylord", sagte er demütig und verneigte sich.

„Ich konnte sie nicht aufhalten."

Namor nickte kurz, bevor er sich seinen Ministern zuwandte.

„Wir werden unsere Unterhaltung später fortsetzen."

Die Minister verbeugten sich und verließen mit Reiko den Thronsaal. Nachdem die Tür geschlossen wurde, trat Helena vor und ließ sich auf die Knie fallen. Den Blick hielt sie gesenkt, es Untergebenen war nicht gestattet, dem Herrscher ohne ausdrückliche Aufforderung direkt ins Gesicht zu sehen.

„Nun, was kann ich für dich tun?", fragte Namor.

„Ich bitte Euch, nein, ich flehe Euch an, Laura zu begnadigen", jammerte Helena.

„Ah, diese Angelegenheit. Leider werde ich dich enttäuschen müssen. Du musst wissen: ich habe sie mit der Truppe auf

336

eine einfache Mission geschickt. Ein kleines Dorf weigert sich seit drei Monaten, mir Tribut zu bezahlen. Ich befahl meiner Truppe also, ihn einzufordern. Aber was muss ich da erfahren? Nicht nur, dass mein Tribut nicht gebracht wurde, hinzu kommt noch Lauras Angriff auf ihren Befehlshaber! Das ist ein Verbrechen gegen mich und damit gegen das gesamte Reich!"

„Sie musste ihre Gründe gehabt haben, dass sie so sehr in Rage geraten ist", beteuerte Helena. „Unter normalen Umständen hätte sie so etwas nie getan!"

„Natürlich hatte sie ihre Gründe", erwiderte Namor.
„Genauso wie alle ihre Gründe haben, bevor sie ihre Verbrechen begehen. Aber das rechtfertigt nicht ihre Taten!"

337

„Aber sie ist doch eure Tochter"

Helenas Stimme begann zu zittern.

„Empfindet ihr denn kein Mitgefühl für sie?"

„Das spielt absolut keine Rolle!"

Namors Ton wurde härter.

„Laura hat mir gegenüber einen Eid abgelegt. Sie hat geschworen, mir zu dienen. Sie war sich über die Konsequenzen ihres Handelns vollkommen bewusst, und sie wird so behandelt werden wie jeder andere auch in dieser Situation."

Helena stand langsam wieder auf. In jenem Moment waren jegliche Hoffnungen zerstört worden. Gerade als sie den Thronsaal verlassen wollte, hörte sie Namor etwas sagen, das sie mehr als alles andere verletzte:

„Du wirst darüber hinweg kommen."

„Ich liebe sie mehr als alles andere auf der Welt", säuselte Helena mit kaum hörbarer Stimme:

„Bei allem gebührenden Respekt, sagt nicht, dass ich darüber hinweg kommen würde."

Es dauerte eine Weile, bis Namor den Sinn ihrer Worte vollständig verstanden hatte.

„Es tut mir leid, ich wünschte, ich könnte etwas anderes sagen."

„Ja, das wünschte ich auch", fügte Helena noch an.

Draußen im Flur zog Reiko noch immer seine Runden. Als er wieder am Thronsaal vorbeikam, sah er, dass sich Helena neben der Tür auf den Boden gesetzt hatte. Er blieb stehen und musterte sie mit seinen Blicken. Sie sah erschöpft aus und starrte in die Leere.

„Es hat nicht funktioniert, wie?".

Helena schüttelte den Kopf. „Nicht mal ein bisschen."

„Du solltest dich etwas ausruhen", schlug ihr Reiko vor und beugte sie zu ihr hinab, um ihr aufzuhelfen. Aber sie schob ihn beiseite.

„Lass' mir noch ein bisschen Zeit", forderte sie.

Reiko nickte und zog weiter seine Runden. Als er nach einiger Zeit zurückkam, stellte er fest, dass Helena ihre Position geändert hatte. Sie war nicht mehr in sich zusammen gesunken, sondern kniete mit aufrechter Haltung vor der Tür.

„Was soll das werden?"

„Ich werde solange hier sitzen bleiben, bis der Gebieter das Urteil aufhebt", kündigte Helena an, ohne aufzusehen.

„Vorher gehe ich hier nicht weg."

„Das wird nicht passieren", wandte Reiko ein.

„Und das weißt du genau. Du wirst nichts erreichen, außer vielleicht, dass du selbst vor Hunger und Erschöpfung stirbst."

„Was habe ich noch zu verlieren, ohne die, die ich liebe?", weinte die junge Frau.

„Keine Liebe ist es wert, dass man sein eigenes Leben dafür aufgibt", sprach der General.

„Hast du eine Ahnung", widersprach Helena.

Reiko sah ein, dass seine Einwände nichts bewirkten, und ließ sie in Ruhe. Früher oder später würde sie von selbst einsehen, dass ihr Vorhaben sinnlos war und es aufgeben. Doch er irrte sich. Als er sie am Nachmittag noch immer dort sitzen sah, ließ er ihr Essen bringen, doch sie rührte nichts davon an. Sie kniete auch am Abend noch, wie zu einer Statue erstarrt. Als Reiko am nächsten Tag wiederkam, war ihre Haltung unverändert. So ging es weiter, niemand konnte Helena dazu bewegen, aufzustehen oder auch nur etwas zu sich zu nehmen, ganz gleich, ob Wachpersonal oder Kammerdienerin.

Irgendwann musste sie vor Erschöpfung eingeschlafen sein. Als sie aufwachte, war es helllichter Tag, und ihr gegenüber hockte Reiko. Sein Gesicht war vollkommen emotionslos, das machte ihr Angst.

„Wie spät ist es?", erkundigte sie sich mit brüchiger Stimme.

„Kurz nach Mittag", antwortete Reiko.

„Dann ist es schon vorbei?"

Der General beantwortete ihre Frage nicht.

„Seine Majestät will dich sehen", ließ er stattdessen verlauten.

„Ich will ihn aber nicht sehen", zürnte Helena.

„Das solltest du nicht sagen", riet ihr Reiko.

„Geh' zu ihm, komm' ich helfe dir."

Er stützte Helena auf, die durch ihren Hungerstreik so geschwächt war, dass sie fast sofort wieder hingefallen wäre. Doch der General hielt sie sicher gestützt und brachte sie in den Thronsaal, wo Namor sich auf seinem reich verzierten Sitz befand. Dort ließ Reiko Helena los, wobei sie zu Boden fiel.

„Ihr dürft jetzt gehen."

Namor winkte dem General zu, der sich verbeugte und dann der täglichen Routine nachging. Für einige Zeit blieb Namor still, als ob er nur Helena in ihrem Leid zusehen wollte.

„Die meisten Leute in diesem Reich halten mich für kaltherzig und grausam. Aber was soll ich machen? Ich bin schließlich der Kaiser eines riesigen Imperiums. Es wird immer Leute geben, die einen unterstützen, und solche, die sich einem widersetzen. Soll ich also großzügig sein und bei all denjenigen Gnade walten lassen, die gegen meine Pläne sind und sich meinen Befehlen widersetzen? Nein, das wäre der falsche Weg. Ich habe ein Volk zu führen, und es erwartet von mir, dass ich die Ordnung in diesem Reich erhalte. Verstehst du, was ich meine?"

Helena konnte nur kraftlos nicken.

„Aber du sollst wissen, dass ich nicht kaltherzig bin. Ich empfinde Mitleid für Laura, und ich kann verstehen, was du empfindest. Auch ich will nicht, dass ihr Leben auf diese Weise endet. Jetzt hat sogar General Reiko mich gebeten, sie zu begnadigen. Wie kann ich da noch ablehnen? Auf der anderen Seite muss ihr Vergehen wieder gutgemacht werden, zumindest muss der Auftrag, den sie hatte, zu Ende geführt werden. Das wirst du nun für mich erledigen."

Helena spürte plötzlich wieder Hoffnung in sich aufkeimen, die sie so euphorisch machte, dass sie neue Kräfte in sich aufsteigen sah. Sie stand auf und verbeugte sich tief.

„Ich danke euch, eure Majestät. Was immer ihr mir auftragt, ich werde es tun."

„Gut. Du wirst mir meinen Tribut bringen, weiterhin wirst du dem Dorf eine Lektion erteilen, damit sich die Einwohner mir nicht noch einmal widersetzen."

„Ich verstehe nicht. Was für eine Lektion soll ich ihnen erteilen?"

„Das ist dir überlassen, dir wird schon etwas einfallen. Wenn ich meine Steuern nicht vor morgen Mittag habe, wird deine Geliebte trotzdem sterben. Du hast also genau 24 Stunden Zeit, ihr Leben liegt jetzt in deiner Hand."

Helena ahnte, dass es keine leichte Aufgabe sein würde. Doch sie hatte kaum eine Wahl, es durfte nicht unversucht bleiben. Sie verneigte sich erneut.

„Ich werde nicht versagen."

„Ich brauche ein Pferd und eine Beschreibung, wie ich zu diesem Dorf gelange, wo seine Truppen zuletzt waren", bat sie zu Reiko, der den üblichen Aufgaben nachging.

„Ich habe bereits alles vorbereitet", versicherte ihr der General.

„Du kannst aufbrechen, wann immer du willst."

„Gut, ich will nur noch eine Sache erledigen."

„Und die wäre?"

„Ich will die Prinzessin sehen."

„Tu' was immer du willst, aber ich muss dich warnen. Es könnte sein, dass dir nicht gefällt, was du siehst."

Auch wenn Helena ihm keinen Glauben schenken wollte, Reiko behielt Recht. Es war für sie ein Schock, als sie ihre große Liebe wiedersah. Nie hätte sie gedacht, dass sich jemand in wenigen Tagen so sehr verändern konnte. Laura war nicht mehr die anmutige Prinzessin, die Helena kannte. Sie saß zusammengekauert in der hintersten Ecke ihrer Zelle. Ihre schönen Kleider waren durch einen grauen Fetzen aus einem gerippten Stoff ersetzt worden. Schuhe trug sie keine. Ihre langen Haare wurden auf äußerst grobe Weise abgeschnitten. Ihr Gesicht war blass, getrocknetes Blut klebte an ihrem Mundwinkel und ihrer Nase. Sie trug Hand- und Fußschellen, die ihre Bewegungsmöglichkeiten stark einschränkten. Als sie sah, dass Helena gekommen war, stand sie mühsam auf und lief ans Gitter, das sie beide voneinander trennte.

„Oh, mein Gott, was haben sie dir nur angetan?"

Helena steckte ihre Hände traurig durch das Gitter, um Lauras Gesicht zu berühren. Es brach ihr fast das Herz, ihre Geliebte auf diese Weise zu sehen.

„Es sieht schlimmer aus, als es ist", versuchte Laura, zu beschwichtigen.

„Wie kannst du nur so etwas sagen? Du siehst fürchterlich aus."

„Du hast Recht", gab die Prinzessin zu. Dann zwang sie sich zu einem Lächeln.

„Aber hey, du sahst auch schon mal besser aus."

„Ich habe mich wohl in den vergangenen Tagen etwas gehen lassen", erwiderte Helena.

„Du musst mir versprechen, dass du auf dich aufpasst, wenn ich nicht mehr da bin", bat Laura.

„Nein! Sag' nicht so etwas! Du stirbst nicht, ich werde es verhindern, hörst du? Du wirst leben und wir werden Kinder haben, die wir voller Liebe aufziehen werden, die für uns sorgen werden, wenn wir alt und grau sind."

„Das ist ein schöner Gedanke. Aber er wird wohl ein Traum bleiben"´, schluchzte Laura.

„Nein, ich werde dafür sorgen, dass er Wirklichkeit werden kann. Ich werde dich hier rausholen."

„Du darfst keinen Handel mit Namor schließen", sagte Laura plötzlich, als hätte sie eine Vorahnung.

„Er hat ein Herz aus Stein, und wer sich mit ihm einlässt, der wird so wie er."

„Ich werde dich hier rausholen, ich lass dich nicht sterben!", beteuerte Helena.

Dann wandte sie sich ab und ging aus dem Verlies. Sie konnte und wollte nicht länger bleiben, denn auch sie hatte Tränen in den Augen.

Sie traf Reiko außerhalb des Palastes an, wo er bereits auf sie zu warten schien. Er warf ihr einen kurzen Blick zu und sagte:

„Ich habe dir gesagt, dass es dir nicht gefallen würde, was du zu sehen bekommen würdest."

„Kümmer' dich um deine eigenen Geschäfte", erwiderte Helena und räusperte sich.

„Du wolltest mir ein Pferd geben. Also, wo ist es?"

„Nur keine Panik"

Reiko pfiff gekonnt auf zwei Fingern. Sofort bekam er ein Wiehern als Antwort, es erklangen Hufgeräusche. Bald darauf erschien ein schwarzes Pferd in der Ferne. Es war äußerst schnell, in nur wenigen Sekunden war es bei den beiden angekommen. Es sah sehr kräftig aus und das Fell glänzte im Sonnenlicht.

„Das ist Nightshade", erläuterte Reiko.

„Mit ihm war ich schon an vielen Orten. Er wird dich überall hinbringen. Kein anderes Ross ist schneller als er."

Helena sprang sogleich auf.

„Schön, ich wäre dann soweit."

„Ich habe noch etwas für dich", fügte Reiko hinzu und reichte ihr ein schweres Bündel.

„Ich glaube, dass du das ganz gut gebrauchen könntest."

Helena öffnete es und fand darin neben einer Karte zwei schlagstockähnliche Waffen aus Metall. Sie waren so lang wie ihre Ellen und hatten scharfe Klingen an den Enden.

„Ich habe sie in unserer Waffenkammer gefunden", gab ihr Reiko zu wissen.

„Sie stehen dir."

„Mein letztes Waffentraining war vor fast fünfhundert Jahren. Ich mag es nicht, so etwas mit mir herumzutragen"

„Nimm sie trotzdem, sie könnten nützlich werden."

„Wäre es nicht schön, wenn überall Frieden wäre, und man keine Waffen mehr bräuchte?", wünschte sich Helena.

„Ja klar. Aber sogar der Frieden ist etwas, wofür man kämpfen muss."

„Danke für deine Unterstützung, Reiko."

„Jederzeit. Jetzt sorg' bitte dafür, dass meine Hilfe nicht umsonst war."

Nightshade setzte sich in Bewegung, Reiko sah ihnen nach, bis sie hinter dem Horizont verschwunden waren.

Die Landschaft flog an Helena vorbei, der Wind blies durch ihr offenes Haar. Wie viel Zeit war wohl vergangen, seit sie ihre Reise angetreten hatte? Sie wusste es nicht, und sie wollte es auch nicht wissen. Wenn sie über die Zeit nachdachte, erinnerte sie sich unwillkürlich daran, was auf dem Spiel stand. Und so ließ sie diese Gedanken gar nicht erst aufkommen.

Mit hoher Geschwindigkeit und ohne Unterbrechung galoppierte Nightshade durch die Landschaft von Marciola. Als die Sonne verschwunden war, und die Sterne im klaren Nachthimmel an ihre

Stelle traten, erreichte Helena ihren Zielort. Vor ihr lag das Dorf, in einem kleinen Tal geschützt und von Zäunen umschlossen. Sie stieg vom Pferd ab und ging zu Fuß weiter. Durch ein Tor betrat sie die Siedlung. Während sie dem einzigen Weg folgte, sah sie sich vorsichtig um. Die Türen und Fenster der Häuser schienen alle fest verschlossen. Der Weg endete auf einem freien Platz, niemand war zu sehen, als hätte Helena eine Geisterstadt betreten.

Plötzlich öffnete sich die Tür von einem der Häuser und ein älterer Mann kam heraus.

„Wer seid ihr? Und was wollt ihr hier?"

„Ich grüße Euch", eröffnete sie in einem freundlichen Tonfall das Gespräch.

„Mein Name ist Helena, ich komme im Auftrag seiner Majestät, Namor. Ich bin auf der Suche nach dem Dorfältesten."

„Das bin ich", bestätigte ihr der Mann. In seiner Stimme verbarg sich eindeutig Misstrauen.

„Weshalb sucht ihr mich?"

„Nun, ich bin hier, um euch an eure Tributzahlung zu erinnern, die ihr noch immer nicht geleistet habt."

„Es tut mir leid, euch enttäuschen zu müssen, Helena. Wir haben nämlich nichts für euch. Aber ihr dürft Namor eine Nachricht überbringen. Wir halten die Steuer für völlig überhöht, daher weigern wir uns, sie zu bezahlen. Schließlich müssen auch wir von etwas leben, was hat Namor schon jemals für uns getan?"

Helena war von der auflehnenden Haltung des Dorfältesten wie vor den Kopf gestoßen. Wie konnte er sich nur derart unverschämt gebärden? Lag es daran, dass er an jenem Tag davongekommen war, vielleicht aber auch, dass er sie nicht ernst nahm, weil er nur eine einfache Frau in ihr sah. Trotzdem versuchte Helena, ihre aufkeimende Wut zu unterdrücken und ruhig zu bleiben.

„Seid ihr euch wirklich sicher, dass ich seiner Majestät diese eure Worte überbringen soll?", wollte sie sich vergewissern.
„Seid ihr Euch bewusst, was passieren wird? Er wird seine Truppen schicken, dann wird es niemanden geben, der euch vor einem Angriff schützt."

„Wir können sehr gut auf uns selbst aufpassen"

Der Dorfälteste hob den Zeigefinger.

„Wir sind schließlich all die Jahre zu Recht gekommen. Wir wissen uns zu helfen."

„Wisst Ihr, was mit der jungen Frau passieren wird, die Euch geholfen hat?", fragte Helena.

„Sie wird sterben, wenn Ihr euren Tribut nicht zahlt. Sie wird hingerichtet, und das nur, weil sie euch beschützen wollte. Ist es euch das wert?"

Der Dorfälteste fiel für einige Sekunden in Schweigen. Betroffenheit machte sich in seinem Gesicht breit.

„Für die junge Frau tut es mir sehr leid. Ich fürchte aber, dass ich nichts dagegen tun kann."

„Heißt das, ihr wollt sie einfach sterben lassen?"

Helena klang verbittert.

„Wir können euch nichts geben", erwiderte der Mann.

„Das wenige, das wir haben, reicht kaum für uns selbst. Wir würden euch wirklich gern helfen. Ihr solltet jetzt besser gehen."

„Und wenn ich mich weigere?"

Helena nahm all ihren Mut zusammen.

„Wie ich schon sagte, wir wissen uns zu helfen", bekräftigte der Alte.

„Wir tun es wirklich ungern, aber wenn es sein muss, werden wir euch zwingen."

Während sie miteinander sprachen, hatten sich alle Bewohner allmählich auf dem Dorfplatz versammelt: Männer, Frauen, Kinder. Sie bildeten alle einen Kreis um Helena und den Ältesten. Die Kerle waren mit Sicheln und Fackeln bewaffnet, ihre Mienen finster.

„Das ist wohl ein Scherz sein", befand Helena.

„Ihr wollt mit Waffen gegen eine einzige Frau vorgehen? Habt ihr denn noch nie etwas von Fairness gehört?"

„Wir tun eben alles, um uns und unsere Familien zu schützen", versicherte der Älteste entschlossen.

Schließlich hatte Helena den letzten Funken ihrer Geduld verloren. Sie wollte eine friedliche Lösung des Problems, doch die schien nun nicht mehr möglich. Was hatte Laura nur in diesen Menschen gesehen, dass sie sogar ihr eigenes Leben aufs Spiel gesetzt hat?

„Ich dachte eigentlich, dass ich mit euch vernünftig reden könnte"

Helena zog ihre Armklingen hervor.

„Wenn ihr es auf die harte Tour wollt, dann findet mich!"

In diesem Moment setzte sie eine ihrer erstaunlichsten Fähigkeiten ein, die sie entwickelt hatte: Sie konnte sich unsichtbar machen. Genauer gesagt, sie erweiterte den blinden Fleck der Menschen durch Konzentration ihrer mentalen Kraft, um sich dann darin zu verstecken.

„Was zum Teufel…" rief einer der Einwohner.

„Wo ist sie hin?"

„Ich habe keine Ahnung", wunderte sich der Älteste.

„Seid auf der Hut, falls sie irgendeinen Trick versucht."

Plötzlich wurde die Stille von einem kurzen, aber lauten Schrei durchbrochen. Einer der Männer fiel zu Boden, eine tiefe Wunde an seinem Hals wurde sichtbar.

„Sie ist noch hier!", schrie das Dorfoberhaupt.

„Findet sie, und bringt sie um, falls es nötig ist!"

Das, wovon er in den nächsten Minuten Zeuge wurde, war das grausamste, was er in seinem gesamten Leben gesehen hatte. Die Leute um ihn herum fielen einer nach dem anderen zu Boden, alle hatten sie aufgeschnittene Kehlen oder tiefe Stichwunden im Abdomen. Die Leute versuchten verzweifelt, die Angreiferin zu orten. Doch all ihre Bemühungen waren umsonst. Einer nach dem anderen fiel dem unsichtbaren Tod zum Opfer, während die Frauen in Panik versuchten, mit ihren Kindern zu entkommen. Doch niemand entkam Helenas Zorn. Innerhalb weniger Minuten hatte sie jeden einzelnen auf dem Dorfplatz niedergemetzelt. Als Helena sich wieder sichtbar machte, war der Boden rot gefärbt, die Körper der Dorfbewohner lagen über den gesamten Platz verstreut. Nur den Alten hatte sie am Leben gelassen.

Der Älteste fiel kraftlos auf die Knie. „Was habt Ihr nur getan?"

„Was ich getan habe?", plärrte Helena, über den Platz, dass es hallte.

„Ihr ward es doch, der mich angreifen wollte. Ich habe euch freundlich darum gebeten, euren Tribut zu zahlen. Ihr aber habt einen Angriff provoziert."

Der Älteste zitterte am ganzen Leib, als er seine tote Frau in die Arme nahm. Erst wenige Tage zuvor war sie dem Angriff des Oberbefehlshabers von Fantasia entkommen.

„Jetzt kommt schon."

Helena half ihm wieder auf die Beine.

„Gebt mir einfach das Steuergeld, und ich werde gehen."

„In meinem Haus", stammelte der Älteste.

„Im Regal, bitte, das ist alles, was wir haben."

Helena ließ ihn zurück und betrat sein Haus. Wie sich herausstellte, hatte er die Wahrheit gesagt. Schnell fand sie einen Beutel mit Platinmünzen, den sie, ohne zu zögern, einsteckte. Als sie wieder aus dem Haus kam, stellte sie fest, dass sich der Älteste selbst gerichtet hatte. Mit einer Sichel hatte er sich die Kehle durchgeschnitten. Auf diese traurige Weise endete ein versuchter Widerstand gegen die Tyrannei des Namor.

Dank Nightshades Schnelligkeit und Ausdauer erreichte Helena knapp eine Stunde vor dem Mittag den kaiserlichen Palast. Doch es war niemand vorzufinden, alle waren verschwunden. Auf ihrem Rundgang kam Helena an Namors privatem Bereich vorbei, wo sich ein großer Schrank befand. Darin lagen seine Helme ordentlich aufgereiht. Es waren mindestens zehn, und alle hatten eine integrierte Totenkopfmaske. Davor stand Reiko, und er schien so vertieft in etwas zu sein, dass er Helena nicht bemerkte.

„Wo zum Teufel sind alle?", entfuhr es Helena.

Reiko schreckte auf.
„Oh, du bist zurück. Die anderen sind auf dem Marktplatz."

„Wozu?", wunderte sich Helena. Als ihr klar wurde, dass sie die Antwort bereits kannte, korrigierte sie ihre Frage:

„Was denn, alle?"

„Naja, Hinrichtungen gelten nach wie vor als Spektakel", entgegnete Reiko unbeeindruckt.

„Vor allem, wenn eine echte Prinzessin ihren Kopf verliert."

„Und wie kommt es, dass du nicht dabei bist?", wollte Helena wissen.

„Mir wird schlecht, wenn ich Blut sehe", grinste Reiko, offensichtlich sollte es ein Scherz sein, aber ihr war nicht nach einem Lachen zumute.

Bevor Helena weiterging, stellte sie noch eine Frage, die sie sich nicht verkneifen konnte:

„Was in Shinnoks Namen machst du denn da?"

Die Antwort, die sie bekam, war das Seltsamste, was sie je aus Reikos Mund gehört hatte:

„Ich bin dabei, die Anordnung der Helme seiner Majestät zu optimieren."

„Aber sie sehen doch alle gleich aus."

Reiko drehte sich um und starrte Helena eine Weile unverhohlen an.

„Warst du nicht dabei, jemandem das Leben zu retten?"

„Ja klar, du hast Recht", stimmte ihm Helena zu und machte sich eiligst auf den Weg.

Als Helena den Marktplatz erreichte, war er bereits von Menschen überfüllt, und das, was sie am meisten verstörte, war die Tatsache, dass die Leute weder schockiert wirkten, noch in Trauer zu sein schienen. Im Gegenteil, alle scherzten und waren ausgelassener Stimmung, als ob das Ganze eine Art Amüsement wäre. Ein Raunen mit anschließendem Jubel durchlief die Menge, als Laura mit schweren Ketten gefesselt auf den Platz gebracht wurde.

Auf einer etwas erhöhten Terrasse, von wo aus man einen perfekten Blick auf den darunter liegenden Platz hatte, saß Namor und vergnügte sich gerade mit seinen Lieblingskonkubinen. Es schien fast so, als sei für ihn das ganze

Geschehen nur nebensächlich. Helena rannte mit großen Schritten die Treppen hinauf und ignorierte die zwei Wachen, die vor der Tür zum Balkon standen. So überrascht wie diese reagierte auch Namor, als Helena vor ihn trat.

Mit einer beiläufigen Bewegung warf sie ihm etwas vor die Füße, das in mehreren Lagen Stoff eingewickelt war. Als es zu Boden fiel, gab es ein dumpfes Geräusch.

„Ich habe diesem ungehorsamen Dorfältesten eine Lektion erteilt, wie Ihr es wolltet", begann sie ruhig.

Eine der Konkubinen wurde neugierig und hob das Bündel auf, um sich den Inhalt anzusehen. Aber kaum hatte sie es geöffnet, kreischte sie erschrocken und ließ das es wieder fallen. Ihre Miene war vor Angst und Schrecken erstarrt.

„Was ist?", lächelte Helena.

„Du hast doch wohl keine Angst vor einem abgetrennten Kopf, oder?"

„Wo ist mein Tribut?", gab sich Namor unbeeindruckt.

Helena griff in die Tasche und kramte einen kleinen Stoffbeutel hervor, der mit Münzen gefüllt war. Nachdem Namor das Geld grob nachgezählt hatte, erhob er sich von seinem Sitz und verkündete mit lauter Stimme:

„Hiermit erkläre ich, Namor, rechtmäßiger König von Marciola, dass die Todesstrafe gegen Prinzessin Laura aufgehoben ist. Sie wird zu fünfzig Peitschenhieben begnadigt. Das ist mein Befehl!"

Er ließ sich wieder nieder und fügte an:

„Wie du siehst, Helena, bin ich jemand, der sein Wort hält."

Doch als er sich zu ihr umdrehte, war sie bereits fort.

Ziellos schlenderte sie durch die Straßen, als ein plötzlicher Schwächeanfall sie daran erinnerte, dass sie bereits seit mehreren Tagen nichts mehr gegessen hatte. Sie ging in die nächste Taverne, an der sie vorbeikam. Sie musste nicht lange warten, bis ein junger Mann an ihren Tisch kam.

„Seid gegrüßt", sagte er freundlich.

„Was darf ich euch bringen?"

„Was habt ihr anzubieten?"

„Nun, wir haben heute als Spezialitäten Gänseleberpastete, gegrillte Wachteln, Hühnchen in Currysauce, Hirschfilet, Rindergulasch, Kaninchen auf Kirschblüten."

„Schön", freute sich Helena und unterbrach damit seine Aufzählung.

„Ich hätte gerne alles."

„Wie bitte?"

Der junge Mann war spürbar verwundert.

„Ich hätte gerne einmal von jedem Gericht, das ihr hier anbietet", wiederholte Helena.

„Aber… das wären etwa zwanzig Gerichte", wandte er ein.

„Und einige davon sind nicht billig."

Helena holte einen Stoffbeutel hervor, der genauso aussah wie der, den sie Namor überreicht hatte. Auch dieser Beutel war prall gefüllt mit Platinmünzen.

„Wäre das genug Geld?"

„Aber natürlich! Das ist mehr als genug", gestand der Kellner und verbeugte sich demütig, als hätte er eine Fürstin vor sich.

„Also dann, einmal von jedem Gericht, das wir anbieten."

„Dazu hätte ich gerne dünne Pfannkuchen", fügte Helena hinzu.

„Und Wein, aber nicht das billige Zeug, von dem man Kopfschmerzen bekommt und sich übergeben muss."

„Jawohl, wie ihr wünscht."

Endlich begann für Helena nach viertägigem Fasten ein Festmahl. Noch nie hatten die Leute in dem Lokal jemanden zu Gesicht bekommen, der so viel essen konnte. Für die Gerichte musste sogar ein zusätzlicher Tisch aufgestellt werden. Während Helena all die Köstlichkeiten probierte, die ihr herangebracht wurden, sah sie plötzlich die Frau, die sie am wenigsten sehen wollte.

„Darf ich mich zu dir setzen?", unterbrach sie Jade.

„Würdest du weggehen, wenn ich ‚nein' sage?", fauchte Helena.

Jade ignorierte die Bemerkung und setzte sich. Dabei ließ sie ihren Blick kurz über die vollen Tische schweifen.

„Du bist wohl am Verhungern. Sind das etwa Wachteln?"

Helena, die sich gerade ein großes Stück Pfannkuchen in den Mund stopfte, hielt inne.

„Was willst du von mir?"

„Okay, ich weiß, dass wir uns nicht besonders mögen. Ich weiß nicht, woran das liegt, und daran lässt sich wohl nichts ändern", meinte Jade.

„Aber du hast Laura das Leben gerettet, also bist du jedenfalls kein schlechter Mensch. Ich wollte dir also dafür danken, was immer du auch getan hast."

„Bist du jetzt fertig?", zischte Helena, nachdem sie den Pfannkuchen mit einem großen Schluck Wein hinunter gespült hatte.

„Wie bitte?"

„Meine Freundin wäre heute beinahe gestorben", sagte Helena verbittert.

„Ich wäre auch fast draufgegangen, weil irgendwelche Leute völlig den Verstand verloren haben. Dann kommst du daher und sülzt mich voll mit irgendwelchen Nebensächlichkeiten? Was hast du getan, verdammt noch mal?"

„Ich wollte nur nett sein"

Jade stand irritiert auf.

„Es tut mir leid, wenn ich dich damit irgendwie verletzt haben sollte."

Daraufhin verließ sie die Taverne.

„Hey, ich brauche mehr Wein!", schrie Helena quer durch den Raum und stopfte sich das nächste Stück Pfannkuchen in den Mund.

Als Helena zurück zum Palast kam, waren zwei Kammerdienerinnen dabei, ein Bad für die Prinzessin vorzubereiten, während eine dritte Laura beim Entkleiden half.

„Ihr könnt gehen", ordnete Helena an.

„Ich übernehme den Rest."

„Aber das ist doch keine Arbeit für euch", erwiderte die Dienerin.

„Das ist schon in Ordnung, wirklich", verlieh Helena ihren Worten Nachdruck.

Die Dienerinnen verbeugten sich und verließen dann das Privatgemach der Prinzessin. Helena half Laura in die Wanne. Behutsam wusch sie mit klarem Wasser die Wunden, die jene durch ihre Strafe davongetragen hat. Die Prinzessin gab keinen Laut von sich. Beide sprachen nicht ein Wort. Ihre Nähe zueinander reichte völlig aus.

Nach dem Bad wickelte Helena ihre Freundin in ein Handtuch und trug sie auf ihren Armen zum Bett, so wie ein Bräutigam seine Braut an ihrem Hochzeitstag über die Türschwelle trug. Sie legte Laura ab und trug eine Heilsalbe auf ihren Rücken auf. Danach deckte sie sie mit einem Laken zu, setzte sich neben das Bett und wartete, bis ihre Freundin eingeschlafen war.

Als sie in der Stille saß, hatte sie die Gelegenheit, über die Ereignisse im Dorf nachzudenken. Plötzlich erinnerte sich Helena an etwas, das sie schon fast vergessen hatte. Es waren ausgerechnet Namors Worte, die in ihrem Geist auftauchten:

Es wird immer Leute geben, die einen unterstützen, und jene, die sich einem widersetzen.

Der Dorfälteste hatte sich ihr widersetzt. Aber waren ihre Absichten nicht im Grunde gleich? Helena versuchte, ihre Freundin zu retten, und er, seine Gemeinde vor Namors Fängen zu schützen. Im Grunde hatten sie beide das gleiche Ziel. Nur leider waren ihre Absichten miteinander kollidiert, weil sie auf unterschiedlichen Positionen standen.

Dann wurde Helena klar, dass es Verzweiflung war, das die Herzen der Menschen zu Stein werden ließ. Jene trieb die Dorfbewohner dazu, zu einem Mob zu mutieren. Dadurch ließ Helena ein ganzes Dorf auslöschen, sie, die sich bisher immer geweigert hatte, auch nur eine Waffe zu tragen.

Plötzlich spürte Helena, wie die Tränen kamen. Sie konnte sie nicht zurückhalten, es war, als ob etwas in ihr zerbrochen wäre. Sie fiel auf die Knie und weinte, von der Prinzessin ungehört, bis auch sie, den Kopf an Lauras Seite gelegt, in einen tiefen Schlaf fiel.

Gegenwart:

Namors Sitz war aus einem einzigen Stück schwarzen Marmor gehauen und unterstrich mit seiner Wuchtigkeit die Macht des Kaisers. Der Herrscher hatte eine ungewohnt lässige Haltung eingenommen, als er Helena, in dessen Thronsaal empfing.

Er war fast ganz in Schwarz gekleidet, und sogar sein Helm sah dunkler aus als sonst.

„Ihr habt mich gerufen, Mylord?"

Helena verneigte sich tief.

„Du hast mir immer treue Dienste erwiesen", freute sich Namor.

„Während andere mich hintergangen haben, hast du es nie getan. Daher möchte ich, dass du einen besonderen Auftrag für mich ausführst."

„Was immer ihr wünscht, Mylord."

„Wie du sicherlich weißt, wurde Mileena vor einiger Zeit in Marciola gefangen genommen. Sie sitzt nun dort im Kerker. Ich will, dass du sie befreist und zu mir zurückbringst."

„Ich werde Euren Auftrag ausführen", kündigte Helena an.

„Ich bitte lediglich um etwas Zeit für die Vorbereitung."

„Du hast alle Zeit, die du für nötig erachtest", versprach ihr Namor.

„Ich verlasse mich auf dich."

Helena verbeugte sich ein weiteres Mal, bevor sie den Thronsaal wieder verließ. Auch wenn sie Prinzessin Laura einst aus tiefstem Herzen liebte, so waren Loyalitäten doch vergänglich. Jeder traf seine eigenen Entscheidungen für sich alleine. Der Weg ist das Ziel.

Das hatte Helena gelernt.

ENDE

to be continued...

www.romanuskripte.de

„Ich widme dieses Buch meiner Kindheit und Jugend in Schwarzbach / Marzoll, als wir Jungs uns nach dem Spielen im Wald in den Wohnzimmern zum Zocken von Videospielen trafen. Ich werde diese Zeit nie vergessen. Ich danke allen, die dieses Buch gekauft und gelesen haben.“

„Meine Fantasie ist grenzenlos.“

Roman Reischl

„Meine Kinder- und Jugendbücher erscheinen hauptsächlich im Amazon-Hausverlag KDP und sind generell als E-Book und gedrucktes Taschenbuch erhältlich. Die Illustrationen in meinen Werken von meiner lieben Frau Monika gibt es auch im Web auf *www.monillustration.de*"

„Vielen herzlichen Dank an alles LeserInnen, die diesen Zweiteiler erworben und gelesen haben. Über eine kleine Rezension beim Händler würde ich mich sehr freuen, denn jene sind für uns Schriftsteller enorm wichtig."

Herzliche Grüße,

Roman Reischl am 1. Mai 2020, Bad Reichenhall